"Wonderland" (2004) by Dallas Piotrowski. Courtesy of Dallas Piotrowski.

作家の信念

——人生、仕事、芸術——

ジョイス・キャロル・オーツ 著
吉岡葉子 訳

開文社出版

ジョイス・キャロル・オーツの作品リスト

中編小説

The Triumph of the Spider Monkey (1976) • *I Lock My Door Upon Myself (1990)* • *The Rise of Life on Earth (1991)* • *First Love: A Gothic Tale (1996)* • *Beasts (2002)*

詩

Anonymous Sins (1969) • *Love and Its Derangements (1970)* • *Angel Fire (1973)* • *The Fabulous Beasts (1975)* • *Women Whose Lives Are Food, Men whose Lives Are Money (1978)* • *Invisible Woman: New and Selected Poems, 1970-1982 (1982)* • *The Time Traveler (1989)* • *Tenderness (1996)*

劇

Miracle Play (1974) • *Three Plays (1980)* • *Twelve Plays (1991)* • *I Stand Before You Naked (1991)* • *In Darkest America (Tone Clusters and The Eclipse) (1991)* • *The Perfectionist and Other Plays (1995)* • *New plays (1998)*

評論

The Edge of Impossibility: Tragic Forms in Literature (1972) • *New Heaven, New Earth: The Visionary Experience in Literature (1974)* • *Contraries (1981)* • *The Profane Art: Essays and Reviews (1983)* • *On Boxing (1987)* • *(Woman) Writer: Occasions and Opportunities (1988)* • *George Bellows: American Artist (1995)* • *Where I've Been, and Where I'm Going: Essays, Reviews, and Prose (1999)*

児童書

Come Meet Muffin! (1998)

ヤングアダルト

Big Mouth & Ugly Girl (2002)
Small Avalanches (2003)

長編小説

With Shuddering Fall (1964)・A Garden of Earthly Delights (1967)・Expensive People (1968)・them (1969)・Wonderland (1971)・Do With Me What You Will (1973)・The Assassins (1975)・Childwold (1976)・Son of the Morning (1978)・Unholy loves (1979)・Bellefleur (1980)・Angel of Light (1981)・A Bloodsmoor Romance (1982)・Mysteries of Winterthurn (1984)・Solstice (1985)・Marya: A Life (1986)・You Must Remember This (1987)・American Appetites (1989)・Because It Is Bitter, and Because It Is My Heart (1990)・Black Water (1992)・Foxfire: Confessions of a Girl Gang (1993)・What I Lived For (1994)・Zombie (1995)・We Were the Mulvaneys (1996)・Man Crazy (1997)・My Heart Laid Bare (1998)・Broke Heart Blues (1999)・Blonde (2000)・Middle Age: A Romance (2001)・I'll Take You There (2002)・The Tattooed Girl (2003)

「ロザモンド・スミス」のペンネームによる小説

Lives of the Twins (1987)・Soul/lMate (1989)・Nemesis (1990)・Snake Eyes (1992)・You Can't Catch Me (1995)・Double Delight (1997)・Starr Bright Will Be With You Soon (1999)・The Barrens (2001)・Take Me, Take Me With You (2003)

短編集

By the North Gate (1963)・Upon the Sweeping Flood and Other Stories (1966)・The Wheel of Love (1970)・Marriages and Infidelities (1972)・The Goddess and Other Women (1974)・The Poisoned Kiss (1975)・Crossing the Border (1976)・Night-Side (1977)・A Sentimental Education (1980)・Last Days (1984)・Raven's Wing (1986)・The Assignation (1988)・Heat and Other Stories (1991)・Where Is Here? (1992)・Where Are You Going, Where Have You Been?: Selected Early Stories (1993)・Haunted: Tales of the Grotesque (1994)・Will You Always Love Me? (1996)・The Collector of Hearts: New Tales of the Grotesque (1998)・Faithless: Tales of Transgression (2001)

ダニエル・ハルペンに

目次

『作家の信念——人生、仕事、芸術——』（二〇〇三）

『作家の信念——人生、仕事、芸術——』（二〇〇三）

序論

1

創作は芸術の中で最も孤独な作業である。「虚構の」「隠喩的」な反現実の世界を創造するために、世界から退く行為自体がとても奇妙で、理解しがたい。なぜ私たちは書くのだろうか。なぜ私たちは読むのだろうか。隠喩を生み出す動機は何だろうか。なぜ私たち、作家と読者の両者は、時には現実の世界を除外して、「反現実の世界」つまり想像の世界を、私たちが生きることができる普及的な文化とみなしてきたのだろうか。私はこれらの疑問について人生の大半考え続けてきたが、決定的で、これこそ説得力があると思える答えに未だ至っていない。ジークムント・フロイトは晩年の憂うつな評論集『文明と不満』の中で、「美は明白な有用性を持たないし、明らかな文化的必要性も持たない。だが美なくしては文明はやっていけないだろう」と語っているが、彼の考えに譲歩するだけで十分だろう。

数年の間に書かれたここに収められているエッセイのどれもが、私にとっての創作の種々相である。いわゆる創造なるものの衝動は、明らかに、だれもが熱心な芸術家であった子供時代に始まる。だから、私が子供時代に経験したことと熱中したことについてのエッセイを数編入れている。創作は、理想的には、私的な世界と公的な世界（前者は情熱的でしばしば未完成で、後者は正式に構想されたものをすばやく分類し審査する）の間で均衡がとれたものであるので、この芸術を一つの技能と考えなければならない。技能なしでは、芸術は個人的なもので終わるし、芸術なしでは、技能はただ駄作を書くことになる。ここにあるエッセイの大半はこの点を取り上げている。とりわけ「作家として読む——職人としての芸術家」では、数編の小説に焦点を当て、分析的に詳細に論じている。若い作家や新人作家は、古典と現代文学の両方を広く、たえず読まなければならない。技能の歴史にしっかり目を通すことなくしては、その人はアマチュアのままでいる運命にあるからである。アマチュアとは、熱意が創造の努力の九九パーセントを占める人のことである。

創作は孤独であるが、技能でもあるのだから、それについて何かを「学ぶ」ことができる。私たち作家は無意識によって駆り立てられるけれども、自分を「意識的」にし、ある程度はかなり聡くもなれる。もちろん、私たちは自分自身の失敗からだけでなく、他人の失敗からも学べる。他人のインスピレーションによって触発されることもある。「失敗についての覚書」「インスピレーション！」「自己批判という不可解な芸術」のエッセイでは、私たち作家のほとんどがそうであるが、創作との取り組みの中で孤独を痛感した個性的な作家たち（その中でも特にヘンリー・ジェイムズ、ジェイムズ・ジョイス、ヴァージニア・ウルフ）がたぶん間違いなく抱えていた、心理的かつ審美的な問題に見られる共通性について述べている。また、特に時間がたつにつれてどの作家も感じるようになる、書いているのは自分であって自分ではないというアイデンティティーに関する奇妙な混乱が生じる（この点は「ＪＣＯ［注　Joyce Carol Oates］と私」で扱っている）。

作家になろうといつ思われましたかとは作家がしばしばたずねられる質問である。私にとっては、質問自体が謎で、答えられない。私は本能的に、その質問にひるんでしまう。正式な呼称で、見栄をはって、自分自身を「作家」とみなす仮定にたじろいでしまう。私は神託のような声、千里眼を持った人のような得意げな尊大さが嫌いである。そのような尊大さに出会うのはいやなことだが、自分自身の中でそれと遭遇するのはもっといやである。

『作家の信念』は独断的でなく、仮説的であることを心がけたつもりである。「作家」であるという居心地の悪い、不明確な立場より、「創作」の過程について多く述べている。自分の人生で、作家としてと同じくらい社会人としても、私は私自身のやり方を他人のための原理として掲げたいと思ったことは一度もない。時には死後出版されるとしても、作家の孤独が共同体に披瀝することにとりわけ驚いている私の圧倒的な感覚が、ここにある全てのエッセイの根底にある。作家は孤独な人間として出発する。実際、作家の中には先天的に孤独な人がいる。もしそのことに屈せず自分の芸術をやり通し、自分の技能に失望しなければ、時間、場所、言語、国民性といった人為的な境を超越する文学という神秘的な反現実の世界に慰めを見出しうるかもしれない。この文化はなぜか個人の孤独から現れ、多様に変化しながら、たえず人々を魅了し、進化し続ける。

二〇〇三年　三月

私の作家としての信念

芸術は人間の精神を表現するための、最も高次の活動であると私は信じている。

私たちは有限で短命であるものを超越したいと切望し、「文化」と呼ばれる神秘的で共同体的なものに参加したいと切望していると私は信じている。そしてこの想いは種を繁殖させたいのと同じくらい、人類において強い想いであると私は信じている。

私たちは地方や地域から、個々の声を通して、お互いのことを何も知らない他人に語りかける芸術を創造することに励んでいる。私たちが互いに間接的な関係であるからこそ、予期せぬ親密さが生まれる。

個人の声は共同体の声である。

地域の声は全世界の声である。

ニューヨーク州ナイアガラ郡　第七地区学校

子供の頃は何とも思っていなかったが、今では素晴らしく想われることがある。私は、母のキャロリーナ・ブッシュがその二十年前に通ったのと同じニューヨーク州北部にある、教室が一つだけの学校に第一学年から第五学年の終わりまで、すなわち一九四三年から四八年までの数年間通ったのだ。一九四〇年代になって電気がひかれ、内部の配管工事などではない、小さな修繕が施されたほかは、学校はその間ほとんど変わらなかった。それは、ざらざらした石の基礎の上に建てられた、荒削りで、風雨でいたみ、寒さを防ぐ工夫もされていない木造の建物であった。バッ

オーツの生誕地ロックポートの市内(2003)

ファローから北へ二十五マイル、ロックポートから南へ七マイルにあるミラーズポートの交差点付近に、世紀の変わり目に建てられた。私は最初の学校が大好きだった！　――しばしば私はそう言ってきた。たぶんこれは本当だろう。

八月の終わり頃になると、九月の労働祭のすぐ後に始まる学校生活が待ち遠しくて、新しい鉛筆入れと弁当箱を持って、わが家から一マイルほど歩いては、校舎の正門にある石段に座っていたものだ。ただそこに座って、夢見心地で新学期を楽しみにしていた。しかしそれは実際には、いったん学校が始まると消えてしまう、孤独と静けさを味わうためだったのかもしれない。

（たぶん、だれもその頃の鉛筆入れを思い出せないだろう。弁当箱と同じくらいの大きさで、引き出しがいくつか付いていて、それを滑らすと、削ったばかりの黄色の「黒鉛の」鉛筆、クレイヨラのクレヨン、消しゴム、コンパスが出てくる。たぶん、又、弁当箱のこともだれも思い出せないだろう。鉛筆入れとほぼ同じ大きさなのだが、クレイヨラの素晴らしい匂いのする鉛筆入れとは違って、弁当箱からはサーモスのビンに入った牛乳、熟しすぎたバナナ、ボローニャソーセージのサンドイッチ、パラフィン紙がたちまちにひどく臭った）。

学校のことは当時の自分の顔よりもっと深く、私の記憶に刻まれている。それは舗装の代わりに小石が敷かれた道、トナワンダクリーク道から三十フィートほど下がったところに建てられていた。両側の壁には六つの高い狭い窓があり、正面の壁にはとても小さな窓がいくつかあった。急傾斜している板屋根は大雨のとき、よく雨もれした。正面にある薄暗い、つんと臭う小屋のような建物が「入口」と呼ばれていた。生徒たちを教室に入れるために鳴らされる鐘のある丸屋根は、他の何にもましてロマンチックだった。（私たちのディーツ女先生は入口の戸口にアマゾネスのようにどんと立って、振鈴を鳴らした。これは先生の大人としての権威のしるしだった。先生がたくましい右腕を突き出し、めった打ちするように力強く打ち振ると、振鈴は耳障りな音をたてた）。学校の裏には、野バラと茂った草木がジャングルのようになった坂があり、そこを下ると、「クリック」があった。川幅が広く、時に泥で濁った急流となるトナワンダクリークである。生徒はここで遊び、探検することは禁じられていた。学校の両側は空き地で、雑草がはびこっていた。「奥の方」には、左手に男子用、右手に女子用の粗末な木造の屋外便所があり、排水路が付いていた。そのままの汚物が、暖かい天気の日にはひどい悪臭を放ちながら、クリークに流れ込んでいた（川岸の向こうの方では、いたるところで、子供たち、たいていは上級生の男子たちが泳いでいた。当時は「汚染された」水の意識はあまりなかったし、元気いっぱいの農家の男の子となるとなおのこと、汚いことなどたいして気にしなかった)。

学校の正面とその両側には、間に合わせの運動場のようなものがあった。そこで「赤ちゃんのように小さく歩く」や「巨人のように大きく歩く」を「してもいい?」という遊びや、燃え殻の中に引きずり込まれたり、投げ込まれたりすることもある、もっとやかましくて乱暴な「ぽんぽん引っ張りっこ」といったような、即興の遊びをした。「鬼ごっこ」は私のお気に入りの遊びで、小さいときから、いざとなれば速く走れたから、私はこの遊びではいつも勝っていた。

ジョイスは鹿のように走る！　少年たちが年下の子供たちをいじめてこわがらせようと、また面白がって追っかけながら、私の方にも追っかけてきては、感心してよくそう言ったものだ。

校舎に入ると、ニスがひどく臭い、太鼓型のストーブには木がくすぶっていた。ニューヨーク州北部、オンタリオ湖の南とエリー湖の東に位置する、この地域の気候としてよく知られるうす曇りの日には、窓からかすかな、紗のような光がもれ、天井の電気がついていてもあまり明るくなることはなかった。小さな教壇の上の黒板はずっと遠くの方にあるように見えたので、生徒たちは目を細めて見ていた。教壇には、ディーツ先生の机が正面に向かって教室の左側に置かれてあった。私たちは、前列には一番小さな生徒、後列には一番大きな生徒というように並んで座った。座席の底には、そりのような金属の滑走部が取り付けられていた。これらの机の木はすべすべして、セイヨウトチノキの実と同じ赤いつやつやした色合いをしていて、私には美しく思えた。床はむき出しの木の板だった。黒板のずっと左側には、アメリカ国旗がだらりと垂れていた。教室の正面にある黒板の上には、生徒の目を熱心に仰ぎ見、引き寄せるように、パーカーのつづり字法として知られた美しいつづり字が書かれた正方形の紙が貼られていた。

ディーツ先生はもちろんつづり字法をマスターしていた。先生は語彙とスペルのリストを黒板に書き、私たちは先生をまねて習った。化学方程式を口にする科学者のように真剣に正確に、文章を「作成する」ことを学んだ。私たちは声に出して読み、つづりも声に出して学んだ。そして暗記し、朗読した。私たちの教科書は学区のものであったので、めったに新しいものはなく、毎年毎年回し読みされたので、すっかり擦り減っていた。「図書館」と呼べるものは、本が載った一段か二段の棚であった。しかしそこにあった一冊のウェブスターの辞書が私を魅了した。「言葉」のつまった本！　秘密の宝庫のように私には思えた。しかも、それをのぞきたい人はだれでも利用できるのだ。

実際、私の最初の読書はこの辞書だった。それまでわが家に辞書など一冊もなかったが、私が五年生のとき、『バッファロー・イヴニング・ニューズ』後援のつづり字競技で優勝したとき、学校にあったのと同じような辞書をもらった。とても大事にしていた『不思議の国のアリス』と『鏡の国のアリス』の本と同じように、この辞書は何十年も私の手元にあった。

私の「創造の」体験は印刷された本からではなく、まだ字が読めなかった頃、本を塗ることから発展していった。私は六歳で一年生になるまで字を読むことを習はなかったが、このときまでにすでに、絵を書いたり、色を塗ったり、大人を上手にまねていると思いこんでメモ用紙になぐり書きをして、たくさんの「本」らしきものを作っていた。私の最初の架空の人物は、お粗末だが熱心に描かれた、いろいろな劇的な局面で戦っている、まっすぐ突っ立っているニワトリとネコだった。メモ用紙に書かれた私の最初の長めの小説のタイトルは『猫の家』だった。（どこかにこの『猫の家』はまだある。人生を通して、私は早熟と幼稚というありそうにない組み合わせの人間だったようだ）。

字が読めるようになると、私の読書のほとんどは学校と関わっていた。わが家にも、父の本であったエドガー・アラン・ポーの人の読む気をくじくような『黄金虫・その他』を入れると数冊の本があるにはあったが、私がこの本をどう理解できたか想像できない。ポーの名高い物語は、ホラー映画の悪夢に誘われるように進んでいくのが記憶には残るが、これらの物語を作り上げているポーの散文体は、あいまいとは言わないまでも、非常に形式的で、回りくどく、大げさである。それでも、なんとか私は頑張った。幼いとき、私はエドガー・アラン・ポーを「読んだ」のだ。あの経験がその後私に及ぼした影響の大きさをだれが知ろう。（そのすぐ後で、私がポール・ボウルズに親しんだのは何の不思議もない。ボウルズの最初の短編集『優雅な獲物』は、彼が少年のとき、ポーの物語を読んでくれた母に語りかけたものである）。

　大人に言ってみようとは思わなかったから、言って訂正されることはなかったが、私の子供としての推理によると、本の不思議な世界は二種類に分けられた。子供のための本と大人のための本である。小学校の教科書にある子供用の読み物は、言葉、文法、内容において単純である。おとぎ話、漫画、ディズニー映画のように、ふつう、非現実的で、ありそうもなく、きまりきって空想的な状況についてであった。面白くて、教育的かもしれないが、現実のものではなかった。現実は大人の領域で、私は五才まで一人っ子だったので大人に囲まれていたけれど、現実は私が入れないし、外から想像することさえできない領域だった。その現実に入るために、「中に」入る方法を見つけるために、私は本を読んだ。

　むさぼるように、熱中して！　まるで私の人生がそのことにかかっているかのように。

　私が読んだ、あるいは読もうと努力した最初の本の一つは、学校の図書館から借りた選集で、おそらく第二次世界大戦前に出版されたと思われる古い『アメリカ文学名作選』だった。今ではほとんど忘れられている作家たち（ジェイムズ・ホイットコウム・ライリー、ユージン・フィールド、ヘレン・ハント・ジャクソン）に混じって、わがニューイングランドの一流作家の作品が収められていた。私は幼すぎてホーソン、エマソン、ポー、メルヴィル、その他の作家が「一流作家」だとは知らなかった。また、当時もはや存在していなかったし、私の家族にとっても決して存在しなかったかもしれないアメリカというものについて、これらの作家は率直に発言しているということさえ知らなかった。これらの作家は男性だけだったが、「現実」を十分に持っていると私は信じた。彼らの「現実」は私自身の現実とあまりに違っているからといって、彼らの現実を疑ったりせず、不適確と決めつけたりもせず、それを現実だと認識したのだった。大人の書物は知恵と力の表れで、理解するのは難しく、難攻不落だった。これらは子供用の読みやすい空想ではなく、本当のことが本物の大人の声で語られていた。黄色くなった、隅の折れたページにきれいに印刷された散文を、ずっと長い時間かけて読むことを強いられた。内容が記憶にとどまることはほとんどなかったが、わたしの耳に響く第三者の聞きなれない声にすっかり魅了されてしまった。登るのが難しい木（例えば、梨の木）に取っ組むように、本と四つに組んだ。ニューヨーク州ミラーズポートで話されていたアメリカ英語とは似ても似つかぬ、また教科書の初歩的な文章とも違う、とても長くて、とうてい理解不可能な段落にほとんど体当たりで挑戦していたにちがいない。作家はただの名前であり、言葉であった。しかもそれらの言葉は珍しかった。「ワシントン・アーヴィング」「ベンジャミン・フランクリン」「ナサニエル・ホーソン」「ハーマン・メルヴィル」「ラルフ・ウォルド・エマソン」「ヘンリー・デイヴィッド・ソロー」「エドガー・アラン・ポー」「サミュエル・クレメンス」がそれらの名前だった。この選集にはエミリ・ディキンソンは入っておらず、私は高校までディキンソンを読まなかった。私はこれらの高尚な人たちを、私の父や祖父のような現実の男性で、人間であり、生きて息をしていたかもしれない個人とは思えなかった。彼らが書いたとされる作品が彼らだった。もし自分が読んだことが必ずしも理解できなくても、少なくともそれは本当のことだと分った。

「真実を語っている」と私の心を打ったのは、第一人称の声、(見たところは)仲介されていない声だった。どういうわけか、子供向けの本はほとんど第一人称の声ではない。ルイス・キャロルのアリスは、いつも少し距離を置いたところから「アリス」として見られている。しかし、私が悪戦苦闘して読んだ大人の作家の多くは、第一人称を用い、非常に説得力があった。私はソローとエマソンの(ノンフィクションの)声と、アーヴィングとポーの(全面的にフィクションの）声を区別することができていなかっただろう。今日でも私は、「あまのじゃく」が、取り繕っているとおりの告白もののエッセイなのか、『グロテスクな物語とアラベスクな物語』の中の一つなのか、少し考えてから思い出さなければならない。いくつかの異なるジャンルを流れるように自由に入っていく嗜好や、真剣な熱気をおびた声が語る、うわべの「現実」の内に超現実を確立する嗜好を、私はポーから吸収したのかもしれない。ポーは他の特徴の中でもとりわけ、人間の心理についての思わせぶりな黙想が、同じ第一人称の声をとどめながら奇想天外な話に移行していくという、文学的なだまし絵の達人であった。

なぜ最も初期の、最も「原始的な」文学形式が、普通の実物大の男と女ではなくて、神や巨人や怪物が住みつく伝説的で超自然的世界を扱う寓意作者によるものだったのだろうか、とある日不思議に思ったことがある。なぜ現実は発展するのにこれほどゆっくりと時間がかかったのだろう。それはまるで我々の祖先が鏡をのぞきこみながら、別の何か――異国的で、恐ろしく、慰めとなり、理想的で、妄想的な――だが明らかに「別のもの」を見たいと願って、自分自身の顔を見るのを避けていたかのようである。

ディーツ先生について思う。先生はどれほどか勇敢だったにちがいない！　安給料で、過小評価され、過度の労働だった。一教室学校の教員の仕事は、異なる八学年の全部の授業を指導するだけでなく、教室で規律を守らせることでもあった。上級生の男子のほとんどは、十六歳の誕生日を迎えると法的に学校に通うことから開放され、家の農場で父親たちと一緒に働くことができたから、その日を待ちわびながらいやいや学校に通っていた。これらの少年たちは父親から動物を狩り、殺すことを教えられていたから、低学年の子供たちを「いじめる」ことにも容赦がなかった(「嫌がらせをする」という言葉はまだ造られていなかった)。(この「いじめ」のいくつかはとても残酷になることもあった。当然、ディーツ先生の聞こえないところでは、もっと都会の市民的な生活環境では「暴行」とか「性的乱暴」と呼ばれているようなものに徐々に変わっていった——だがこれは、子供時代の懐かしいロマンスにはなじまない別の話ではある)。ディーツ先生はまた木でストーブをたやさず燃やす管理も任されていた。強風が吹き荒れる冬の朝は、零下の温度もめずらしくないニューヨーク州北部の過酷な気候では、ストーブは学校の暖をとる唯一の手段であった。それでも一日中、手袋、帽子、コートを着ていなければならず、つま先が無感覚にならないように、ブーツを履いた足ですきま風の入ってくる床板をドンドン踏み鳴らしていた……。気の毒なディーツ先生が耐えた感情と心理面の苦渋と同様に肉体面の大変さを、私はただ想像するしかないのだが、子供の頃の私にはまさしく大女のように見えた先生に、今遅ればせながら親近感を覚える。私の記憶の中では、ディーツ先生以外には、どの教師も教師の原型としては思い浮かばない。私には息をするのと同じくらい自然に思われる読み、書き、算数を「解く」という基本的な技術を私に教えてくれた教師はディーツ先生をおいてほかに誰一人いなかったからである。（見た目には）落ち込んでいなかったことに対して、また教室にある程度の快活さを絶やさなかったことに対して、私はディーツ先生に感謝したい。欠点や危険にもかかわらず、あの学校は私にとって一種の聖域となった。学校は、その外に存在していた混沌として、書物など通用しない世間の荒波に対しての貴重な反現実の世界であった。

長い間空いたままで、板張りされていた第七地区学校は、ついに二十年ほど前に壊された。その後長い間、両親を訪ねてミラーズポートに戻った折には、感傷的な気持ちでその敷地に巡礼めぐりをしたものだった。そこに残されていたのは、壊された石の基礎部分と破片の山だけだった。まもなくそのような一教室学校は、仮にあったとしても、写真の中だけで思い出され、神話を作り出す「アメリカ辺境の過去」として連想されるのだろう。だがそのような過去が存在したとき、その過去を生きた私たちにとっては、辺境の過去はただひとえに現実の生活であった。

初恋——「ジャバウォッキ」から「林檎もぎの後」まで

作家の人生にはその初期に影響をうける時期が二回ある。子供時代のとても早い時期に受ける影響は、まさに骨の髄までしみこんで、その後の宇宙観を決定するくらいだ。もう一つは、もう少し後で、自分の置かれた環境やその環境にどう反応するかをいくらかコントロールできる年齢になってからのもので、感情面の力だけでなく、芸術の技法にも自覚め始めている。

一九四六年、私の八歳の誕生日に、祖母は美しい挿絵入りのルイス・キャロルの『不思議の国のアリス』と『鏡の国のアリス』を私に贈ってくれた。本も、読書の時間もほとんどない、労働中心の農家の子供であった私にどこからともなく、この信じられないものが舞い降りてきた。奇怪な動物たちと、その動物たちの真ん中で、永遠に驚いているような表情のアリスが浮き出し模様で飾られた、素晴らしい布装のカバーがついた祖母からの贈り物は、私の子供時代のこの上ない宝物となり、人生で最も意味深い文学的影響力を与えるものとなった。これはもう一目ぼれだった！（どうやら、私は本という事象にも恋に陥ったらしい。本の背と表題紙に書かれている「ルイス・キャロル」とは何をしている人なのだろう、誰なのだろうと思うようになった）。

疑いようもなく私はアリスと一体になっていたので、アリスのように、ウサギの穴にまっさかさまに落ちていき、鏡を大胆にのぼって鏡の世界に入っていったまま、私はある意味では「現実の」世界に完全に戻ったわけではなかった。

アリスが彼女の家（だがアリスの「家族」は本には一度も現れない。アリスはいつも素晴らしく一人なのである）の客間にある鏡をのぼって、出てきたのと同じような客間に現れると、子供らしく喜んで「ああ愉快だわ。鏡越しに私がこちらにいるのを見ても、だれもつかまえられないなんて！」と思うシーンを皆さんも覚えているでしょう。それからあたりを見回しながら、アリスはすぐに気づく。「もとの部屋から見えるものといったら、ごく当たり前のつまらない様子をしているのに、そのほかのものは大違いね！　たとえば暖炉の横の壁にかかっている絵はみんな生きているみたいだし、何よりマントルピースの上の時計は（鏡の中では時計の裏側しか見えないのだけど）、ここでは小さなおじいさんの顔をしていて、アリスを見てにやりと笑った。」

私のこのヒロインは、私とほぼ同い年で、奇妙に確信にみちて、その上かなり無謀な少女であった。しかし、当時の私は推測できなかっただろうが、彼女は別の文化の、明らかに別の経済階級の出身であった。私自身の好奇心よりはるかにずっと強いその好奇心ゆえに、また、私だったらできそうもない、夢のような悪夢のような状況に直面したときの、その平静さゆえに私は彼女を最も称賛した。二、三週間もしない内に、私は二冊のアリスの本のかなりの部分を暗記し、聞きたがる人にはだれにでもそのほとんど全ての詩を朗読できた。

（私は今でもそらんじることができる。時々夜中に目が覚めると、それらの詩が次々とすらすら口から出てくる。オーデンが忘れられないほどぶっきらぼうに言ったように、一八九八年に没した「ルイス・キャロル」の言葉が生きている人々の臓腑にとどまっているのはなんと奇妙で！　なんと素晴らしいことか！　と思いながら）。

『不思議の国のアリス』の中に出てくる最初の詩は、私の人生での最初の詩であるが、現代の大人の目には、（例えば）Ｅ・Ｅ・カミングズやウィリアム・カーロス・ウィリアムズによる実験的韻文のように見える。子供の頃、私を夢中にさせ、書いてみたくなってクレヨンで色画用紙の上に何度もまねて書いたこの奇妙な詩は、タイトルがなく、「狂暴」（「フュリー」）というドキッとする言葉で始まる。詩は一匹のネズミの長いしっぽの形を模写し、ページの下へいくにしたがってだんだんと小さくなっていき、ついにはほとんど判読できないほど小さい活字で書かれ、最後には辛らつな言葉が用意されている。

『家で出会ったネズミに、
猛犬フュリーは言った。
「さあ二人して裁判所に
行こうぜ。おれはおまえ
を起訴するぜ。こい、
いやとは言わせないぞ。
おれたちは裁判をうけ
なければならないぞ。
なぜって、ほんとう
に今朝は何もする
ことがないから
さ」ネズミは
げすな犬に言っ
た。「だんな、
陪審員も判事
もいないそんな
裁判やったって
時間のむだで
すぜ」「おれが
判事で、おれが
陪審員をやる
さ」と、老
獪フュリー
が言った。
「おれが訴
訟全部を
ひきう
けそし
ておま
えに死
刑を宣
告し
てや
る。」』

子供が読解し、暗記するには不思議で残酷なこの詩は、極小の世界を叙事詩のスケールまで膨らませ、ネコとネズミの関係の不正を愉快がっている。アリスの本には正義への切望があるが、そこにあるのはほとんどが不正であるという意味で、まさしく転覆のテキストである。子供は死んでいくこと、死、食べられることに心奪われるが、たぶん子供にとって何より怖いのは、体がお化けのような奇形に変えられることなので、この点でもアリスの本は子供向けの名作である。この「猛犬フュリー」の詩はお遊び的に書かれていて、詩の同情は死ぬ運命にあるネズミに向けられている。だがフュリーが勝利者で、最後のきめ台詞を言うのである。名もない餌食であるネズミは、訴えるような格好をして本に描かれてはいるけれど、名前さえ否定されている。

児童文学は、特に過去においては、残忍さやサディズムの描写をいとわなかった。生涯独身を通し、子供の自己を持ち続けたルイス・キャロルは、不正、突然死、失踪、むさぼり食われることといった、まさに不安を呼び起こす事柄をまねてはからかう子供の神経質な性癖を本能的に理解していた。『不思議の国のアリス』と『鏡の国のアリス』の中の詩のほとんどは、丹念に読まない限り、気まぐれに見える。詩の多くは怒りが突然爆発する様子(「あの男の首をはねろ！」「消えうせろ、さもなければ、階下にけり落とすぞ！」)、また、あまりに極端で喜劇的でさえある、大人の判断の愚鈍さを描いている。

かわいいい坊やをどなりつけ
くしゃみをしたらひっぱたけ
やつはただ困らせようとやっているのだ
嫌がられるのを知っているからこそ

押韻が耳障りであればあるほど、子供の耳にはより強く訴える。一方大人になると、そのような押韻を模擬詩として聞くが、押韻詩がまねてからかっているものの一つは、大人の陰険さであり、そのように微妙な差異を読み取ろうとすることである。

しかし私が一番強く印象を受けたのは、あざやかに押韻され強勢が置かれた「ジャバウォッキ」だった。言語を理解しようと必死で頭脳をめぐらす幼い子供にとっては、言葉はいかなる場合も、魔術的である。それは大人の魔法であり、全く神秘的である。どんな子供も「本当の」言葉と、ナンセンスで「本当でない」言葉の区別がつかない。だからルイス・キャロルの秀逸な「ジャバウォッキ」のような詩は、子供の不安を呼び起こし（これらの怖い言葉の意味は何だろう）、それから不安を静めようとする（心配するな。文脈で意味を解読できるのだから）、両方の効果をもっている。マーチン・ガードナー編の『注解アリス』では、「ジャバウォッキ」についての脚注が小さな活字で数ページにも及んでいて、「ジャバウォッキ」を英語で書かれた最も偉大なナンセンス詩とみなしている。私はその奇怪で秘密めいた言語と、ジョン・テニエルの絵の中でも一番空恐ろしい絵に描かれた、まるで夢の中で起こっているかのような暴力的なアクションに魅せられた。ニシキヘビのような尾と巨大な手足をもったグロテスクな羽の生えた怪物が、剣を手にしたとても小さい少年と対決している場面である。私は物静かな子供であったが、次の部分を読んだとき、その詩がとても気に入った。「手にとがった剣をたずさえ」幼き英雄は憩った「タムタムの木のそばで／そしてしばし物思いにふけった。」詩全部が、なぜだか知らないが、私の記憶の中に忘れがたく刻み込まれている。たぶん、その詩は（大人の）未知なる世界に対する子供の見事なまでの防衛についての空想なのだろう。それは英雄の冒険物語のパロディーである。しかし私にとって何にもまして魅力的だったのは、その言語であったと思う。「えい、やー！　えい、やー！／ぐさり、ぐさりと／とがった刃はすばやく切り込む！／屍はおきざり、首だけかかえ／勝ち誇りどたばたと男子は帰る。」

ルイス・キャロルの韻文は私の詩にどのように影響を及ぼしたのだろうか。そもそも直接的な影響があっただろうか。たぶん『不思議の国のアリス』と『鏡の国のアリス』は私の詩作よりも、私の哲学的で形而上的な人生観にもっと影響を及ぼしたのかもしれない。目の隅にいつも映っているように、私の多くの詩や小説の周辺にはしばしば、グロテスクな、あるいはシュールレアルな要素がある。私はまだ八歳という幼い頃に、遊び好きと不健全さにほぼ同じ基準で酔いしれるという感覚を吹き込まれたのかもしれない。しかし、ルイス・キャロルは愉快そうに問うたのだが、これはまさに世界の在りようではないだろうか。

高校、大学、それから二十歳代前半に私が何度も読み返した詩人たちは、もちろん私の創作にもっと明らかな影響を及ぼした。これらの詩人の中で、疑いようもなく、またたぶん必然的に、ロバート・フロストが私の最初の詩人であった。フロストの影響力は、ホイットマンの影響力のように、測り知れないほどアメリカ詩にすっかり浸透している。ルイス・キャロルの韻文のように、フロストの詩は私の魂に住みついている。フロストの平易と見まがうような言語、詩の微妙なリズム、言葉使いの美しさ、アイロニーとストイックな決意は、私の大好きな彼の詩「林檎もぎの後」において、これ以上はないほどに強く証明されている。私は十五歳の頃、高校生のとき初めてこの詩を読んだ。並外れた美しさと憂愁を合わせ持つこの詩は、私にとって特別に感慨深いものだった。自分の家の果樹園で、父と同じ高さにまで登ることは絶対に許されなかったけれど、父の「長い二つのとんがりのついたはしご」に立って、りんご、なし、さくらんぼを私も実際に摘んだからであった。私は自分の経験から、詩人の「土踏まずは痛みつづけるだけでなく／はしごの横木に押されつづける」ことがどういうことか理解できた。フロストは私のような若い作家に、自分たちの家庭にある一見普通の生活の経験を価値ある芸術に変えることができるのだと気づかせてくれた。フロストの主題は、あまりに洗練されて難解なために若い読者には全く別の言語のように思えるシェイクスピアの詩の中の高貴な王や女王や貴族ではなく、私たちのようなごく普通の男、女、そして子供たちであった。これは、紛れもなくアメリカの詩であり、だれでも読むことができた。私たち作家や詩人の創作の価値を決定するのは、扱う主題ではなく、表現の真摯さと精巧さである。

「林檎もぎの後」は催眠術にかけられたように、頭から離れない詩である。これを最初に読んだとき、私は十代であったが、自負と後悔の入り混じった気持ちで、自分の人生をふり返っている老いた人間（詩人？）が述懐する陰うつな詩行に共感することができた。詩の下に隠された強力な主題は、避けようのない喪失感である。次の行で、私はフロストを理解するのに一番近づけたと思う。

というのも林檎もぎは
もう十分だ。私は疲れ果てた
私自身が望んだ大収穫に。

その控えめさにおいて、詩は悲劇的な芸術作品である。だが私たちみんなの心の中に宿っているように、言葉の奥には挑むような人間のしなやかさが残っている。

若い作家へ

あなたの心をあまさず書きなさい。

あなたの主題、その主題への情熱を決して恥じてはいけない。

あなたの「禁じられた」情熱があなたの創作を燃え立たせる源となるでしょう。アメリカの偉大な劇作家ユージン・オニールがずっと以前に死んだ父親を生涯忌避していたように。アメリカの偉大な散文の名文家アーネスト・ヘミングウェイが母親を生涯忌避していたように。シルヴィア・プラスやアン・セックストンが、彼女たちを自殺のエクスタシーにいざなう死の天使と生涯にわたって苦闘したように。ドストエフスキーの激しく自分を痛め傷つけようとする本能、そしてフラナリー・オコナーの「不信心者」をサディスティクに懲罰しようとする本能。エドガー・アラン・ポーにある発狂するかもしれないという恐怖、目上の人や妻を殺害し、人の「愛している」ペットのネコをつるして目を抜くといった取り返しのつかない、言葉に絶する行為をするかもしれないという恐怖。埋もれた自己、埋もれたいくつかの自己とのせめぎあいが芸術を生み出すのである。このような感情こそが創作意欲を燃え立たせる源であり、このような感情こそが、離れたところにいる他人の目にはあとになって「作品」として見えるものに向かわせ、可能な限り何時間、何日、何週間、何ヶ月、何年でも打ち込むことを可能にさせるのである。このような第三者には理解しがたい衝動を持っていなければ、表面的には幸せな人間であり、社会人として社会活動に人よりずっと積極的に関わっていても、おそらくその人はなんら実質的なものを創造することはできないでしょう。

年配の作家は若い作家にどのような助言をしてあげられるのだろう。言ってあげられるのは、数年前に言ってほしかったなあと思うことだけである。つまり、落胆してはいけない！　チラッと横を見て、同僚のだれかと自分を比較してはいけない！（創作は競争ではない。だれも決して「勝つ」ことはない。満足感は努力することにあり、仮にあっても、そのあとで報われることはめったにない）。もう一度言いますが、あなたの心をあまさず書きなさい。

幅広く読みなさい、そして弁明する必要はないのです。だれかがあなたに読むべきだと言ったものではなく、自分が読みたいものを読むこと。（「おれにも分からない、「これだけはすべきだ」といっている自分の本心が」、とハムレットが言っているように）。好きな作家に没頭し、ならない。偉大な作家が偉大になる前、まずまずになる前でも、たぶんその作家もあなた方と全く同じように、ある声を獲得しようと暗中模索していたからである。

自分の時代のために書きなさい、できればもっぱら自分自身の世代のために書きなさい。「後世」のためには書けない——それは今存在しないから。過ぎ去った世界のためには書けない。無意識のうちに、存在しない聴衆に話しかけているかもしれないからである。喜ばない、喜ばす意味がないだれかを喜ばせようとしているかもしれないからである。

（しかし、内気で、恥ずかしくて、また、他の人の気持ちを傷つけたり、怒らせるのが怖くて、「自分の心をあまさず書く」ことなどできないと思うのなら、実践的な解決法として偽名で書いてみたいと思うかもしれない。「ペンネーム」には、すてきに解放的で、無邪気な何かがある。ペンネームはあなたが書く道具に付いた架空の名前で、「あなた」に付いたものではない。もし状況が変化したら、書いているのは自分だといつでも名乗ることができる。書いている自分をいつでも捨てて、別のペンネームで自分を開拓することもできる。早期の出版はぬかよろこびになりかねない。全てを書き込んでしまう作家は最初の本を出版していない、ということを作家ならだれでも知っている。もしそのような本を出版すれば、全ての在庫版の回収に取りかからなければならないことになる。そのときはもう遅すぎるのです！

（もちろん、教鞭をとり、講演をし、朗読をするといったようなプロフェショナルな生活を望むなら、公的な作家名を持つことが必要でしょう。ただし、一つだけ）。

世間に正当に扱われることを期待してはいけない。ましてや、情けをかけてくれるなど期待してはいけない。

人生はジェットコースターに乗っているように、真正面からぶつかって生きていくもの。「芸術」は冷静に選び抜かれ、回想してのみ創造されるもの。しかし、書くために人生を生きてはいけない。書くために生きた「人生」は作り物で、無意味だからである。全く別の人生を考えたほうがましです。はるかにましです！

ほとんどの芸術家は、生涯のうちで何度も芸術作品に恋に陥る。別の芸術を称賛し、熱愛もいとわず、それに没頭しなさい。（ドガはマネをどれほど崇拝したことか！　メルヴィルはホーソンをどれほど愛したことか！　ウォルト・ホイットマンはどれほど多くの、若くて感情豊かで、彼に憧れる詩人を生んだことだろう！）もしあなたを興奮させ、心を捉え、心を乱すような声やヴィジョンを見つけたら、それに心身を浸しなさい。そこから学ぶでしょう。私も人生で、ルイス・キャロル、エミリ・ブロンテ、カフカ、ポー、メルヴィル、エミリ・ディキンソン、ウィリアム・フォークナー、シャーロット・ブロンテ、ドストエフスキー……といった様々な作家に恋に陥り、（そして決して完全に恋から冷めることはなかった）。先ごろ、マーク・トウェインの『ハックルベリイ・フィンの冒険』の最新版を読んでいると、この小説のいくつかの文章を丸ごと覚えていることに気がついた。今ではほとんど読まれていない、ジェームズ・T・ファレルの『若いロニガン』三部作を再読していると、いくつかの文章を丸ごと覚えていることに気がついた。エミリ・ディキンソン自身より、おそらく私のほうがもっと親しみを感じている彼女の詩がいくつかある。それらの詩はディキンソンの記憶には刻まれなかったかもしれないが、私の記憶の中には刻み込まれている。ウィリアム・バトラー・イェイツ、ウォルト・ホイットマン、ロバート・フロスト、D・H・ロレンスの詩の中には、最初に出会ってから何十年たった今でも、ぞくぞく興奮するものがある。

理想主義者であること、また、ロマンチックであること、「憧れること」を恥じてはいけない。憧れている人があなたの関心に答えてくれなくても、あなたの憧れはおそらく、その人に関して一番価値あるものであると知っておくとよいでしょう。報われない限り、そのことを知っておくとよいでしょう。

あまり早計に名作に偏見を持ってはいけない。現代文学においても同様である。自分の好み、自分の好みだと思い込んでいるものとは反対の本をときどきは選んで読んでみることである。それは男性の世界です。フェミニズムに燃えている感性の持ち主の女性は苛立ち、不快な点を多々見出すでしょうが、部外者として凝視するということがどういうことかを知るだけでも、たぶん学び、触発されることがたくさんあるでしょう。ホメロスの『オデュッセイア』とオウィディウスの『変身譚』のような偉大な作品は、二十一世紀の視点から読めば、一方はその特質において原始的で、他方は滅入るほど「現代的」だが、男性と女性の読者では非常に異なる印象を受ける。女性は自分の苦痛、怒り、「正義」の願望を認めずにはおれない。人生においてではなく作品においてなら、復讐の願望を抱いてもいいでしょう。

言語はページの上では、この上なく素晴らしい手段である。演技者や競技者と違って、望むならば、想像し直し、改訂し、すっかり書き直すことができるからである。作品が「確たるものとして」「活字となって」出来上がる前まで、私たちは作品に対して自分の実権を握っている。初稿はまごつき、疲れ果てるかもしれないが、次の原稿、さらにその次の原稿は飛躍し、高揚としたものになるでしょう。ただ次の信念を持つべきである。最後の文章が書かれて初めて、最初の文章が書ける。そのときやっと自分がどこに行こうとし、どこまで来ているのか分かる。

小説は苦しみであるが、小説だけがその苦しみを癒せるのです。
最後にもう一度言います。あなたの心をあまさず書きなさい。

走ることと書くこと

走る！　もし走る以上に楽しく、快活で、想像力を培える活動があるとしたら、それが何なのか私は思いつかない。走っていると、体とともに心も飛翔する。足と両腕の振りにリズムを合わせて、言葉が不思議に湧きあがり、脳の中で鼓動しているようだ。理想的に言えば、作家であって走る人は、現実の背景の中で幽霊のように、虚構の土地や都市の風景の中を走り抜けている。

走ることと夢見ることの間には、何らかの類似性があるにちがいない。夢見る心はふつう肉体を持たず、特有の運動能力があり、少なくとも私の体験では、しばしば地上や空中を走り、すべり、「飛ぶ」。（夢とは単に埋め合わせ的なものだという、素っ気なく興ざめな理論はこの際、考慮に入れない。その理論では、人生ではかろうじて、はいつくばっているから、眠りの中では飛ぶのだとか、人生では他人が自分の上にそびえているから、眠りの中では自分が他人よりそびえ立っている、ということになる）。もしかしたら、おとぎ話に出てくるような夢の中のこれらの運動の妙技は、原始からの遺産であり、緊急時にアドレナリンで充満した肉体が精神や知性と区別がつかなかった遠い先祖から受け継いだ、幻覚的な記憶なのかもしれない。走っていると、「精神」が肉体全体に浸透していくようだ。ミュージシャンが指先にすりこまれた記憶の異様な現象を経験するように、走る人は足、肺、速い心臓の鼓動に、創造する自己が広がっていくのを経験する。うなり、いらいらし、時には絶望的な気持ちで、自らはまってしまった構成上の問題に午前中ずっと向き合っていたのに、例えば午後に走ると、たいていその問題から解き放たれる。走れない日は、私は「自分らしく」感じず、「自分」が誰であるか否が応でも感じるが、「自分らしい自分」よりは決して好きになれない。そして創作は絡まったままで、果てしなく書き直すことになる。

作家や詩人たちが、動いている状態を大変好むことはよく知られている。走るとまでいかなくても、ハイキングを、ハイキングとまでいかなくても、歩く。（歩くのは、速く歩いても、走ることよりずっと劣る。走る人ならみんな知っているが、ひざが向かうとき走るのである。だが人によって選択が違うから、走るのは少なくとも一つの選択肢である）。偉大なイギリスのロマン派の詩人たちは、どんな天気であろうと、長時間歩くことで明らかに触発された。

例えば、牧歌的な湖水地方にいたワーズワースとコールリッジがいる。「私は止められるまでずっと歩き、決して止められることはない」と言ったシェリーはイタリアで精力的な4年間を過ごした。ニューイングランドの超絶主義者たちは、最も有名なのはヘンリー・デイヴィッド・ソローだが、たえず歩いた。ソローは「コンコードをずいぶん歩いた」ことを自慢し、そのことを雄弁に語っているエッセイ「ウォーキング」の中で、毎日四時間以上戸外を動いて過ごさなければならなかったと認めている。さもないと彼は「まるで自分は償わなければならない何かの罪を持っているかのように」感じた。この件に関する私の大好きな散文は、チャールズ・ディケンズの「夜の散歩」である。夜ロンドンの通りに飛び出していくほどの極度の不眠に苦しんだ数年後に、ディケンズはこれを書いた。ディケンズのいつもの知性で書かれたこの忘れがたいエッセイは、言葉が伝える以上の多くのことをほのめかしているようだ。ディケンズは夜のひどい不安を、家を追い出されてしまって、自分が自分でないように感じる気持ちと同じようなものだとしている。暗闇と打つ雨の中を歩いて歩いて、歩かずにはおれない強迫観念のもとで、新しく生まれた自分でない正体を、彼は「宿無し」と呼んでいる。（ディケンズほど強烈に心のわびしさのロマンス、狂気に近いほどの恍惚状態を捉えた作家は他にいない。人気を博した心優しい物語を世に出した人として多分に誤解されている）。ウォルト・ホイットマンが長い道のりを感慨深く、力強く踏みしめて歩いたにちがいないのは、意外でもなんでもない。わずかに息切れした、呪文めいた彼の詩には、歩く人の鼓動が感じられるからである。しかし、その散文のスタイルにもかかわらず、流れるような動作というより手の込んだ面倒な針仕事をしている姿を連想してしまうヘンリー・ジェイムズもまた、ロンドンを何マイルも歩くのを愛したと知ると、意外に思われるかもしれない。

私も何年も前、ロンドンを何マイルも歩き（そして走った）。たいていハイドパークだった。天気などおかまいなしだった！　1年間の有給休暇中、スピーカーズ・コーナーを見下ろすメイフェアの一角で英語教授の夫と住んでいたとき、私はアメリカとデトロイトを想うホームシックにとても苦しみ、駆り立てられるように走った。創作に集中したので少し休憩を取るためではなく、小説を書くために必要だったから走った。走りながら、デトロイトの公園や通り、大通りや高速道路を想い浮かべデトロイトの中を走っていたのだった。それらの風景ははっとするほど鮮明に思い出されたので、マンションに戻ると、ただそれを書き写すだけでよかった。その結果、デトロイトに住んでいたとき、『かれら』の中でデトロイトを再現したと同じくらい忠実に、『わたしをご自由に』という小説でデトロイトを再現した。なんと奇妙な体験だったことか！　発作的に何度も何度も走らなかったなら、あの小説を書くことはできなかっただろうと思う。だが、世界で最も美しい町のひとつ、ロンドンで住みながら、世界で最も問題を抱える町のひとつ、デトロイトを夢見るとはなんてあまのじゃくな、と人は思うだろう。

走ることと書くことは、かなり中毒的な活動である。両方とも、私にとって絡まりあって解けないほど、意識と緊密な関係がある。私は自分が走っていなかった時間を思い出せないし、自分が書いていなかった時間を思い出せない。（英語で人間の言葉らしきものを書けるようになる前は、私は鉛筆で大人の文字を走り書きして、熱心にまねていた。私の最初の「小説」は、ニューヨーク州ミラーズポートにある古い農家のわが家のトランクか引き出しに、私の愛する両親がどうやら今でも取って置いてあるようだが、それはニワトリ、馬、突っ立ったネコを線画で描いたイラストつきの、一生懸命に走り書きしたメモ帳である。私が人間の心理に精通するのにとても長い年月を要したように、当時はまだもっと器用に人間の姿を描けるまでには達していなかったようだ）。私の一番初めの戸外の記憶には、なしやりんごが植わっているわが家の果樹園の中を、私の頭上高くで風に吹かれてさらさらと音を立てているトウモロコシ畑の中を、農家の小道沿いを、トナワンダクリークの上の絶壁を、走り、ハイキングしていたときの、一種独特の孤独感がつきまとう。子供時代いつも、私は田舎をハイキングし、歩き回り、疲れることなく「探検した」。近所の農園、古い納屋に残されたもの、廃屋、あらゆる種類の立ち入り禁止の場所を探検した。それらの中には、ぐらぐらする板をかぶせた貯水池や井戸のように、たぶん危険な所もあっただろう。こういった行動は物語を書くことと親密に関係している。いつもそのような背景には亡霊のような自分、「架空の」自分がいるからである。それゆえどのような種類の芸術も、ある種の探検と違反であると私は信じている。（「**立ち入り禁止**」の標識を見るたび、私の反抗的な血がさわいだ。木や柵にもっともらしく取り付けられているそのような標識は、「**さあ入りなさい！**」と呼んでいるようなものであった）。書くことは別の空間に侵入し、ただそれをふり返り、再検討することである。書くことは、書かない人々から、またはあなたが書くようには必ずしも書かないのであなたのことを脅威と思っている人々から、怒りの非難を誘うことである。芸術は本来違反的行為であり、芸術家はそのことで罰せられることを受け入れなければならない。その人の芸術が独創的で、不安をかきたてるものであればあるほど、罰はさらに厳しい。

もし書くことが、少なくともある作家にとっては罰を伴うというのなら、大人になって走っているときでも、ずっと昔、子供の頃、いじめっ子に追いかけられたつらい記憶がよみがえってくる。（これと似たような記憶を持っていない大人がいるだろうか。どんな方法であれ、性的乱暴や性的脅迫を受けたことがない大人の女性がいるだろうか）。心臓に注射を打たれたように、どくどくと打つあの恐怖感！　私はたった一人の女性の先生が全く別の八学年を超過労働で教えていた、田舎の一教室学校に通っていた。ひやかす、連打する、つねる、げんこつで殴る、猛打する、蹴る、そして罵声を浴びせるといったことが、比較的聖域であった学校を包囲していて、これらにただ耐えなければならなかった。当時はそのような虐待に対する保護法がなかったからである。当時は自由放任主義の時代で、男は妻や子供を殴り、警察はひどい傷害や死の場合を除いては、めったに仲裁に入ることはなかった。最高に牧歌的な風景の中を走っているときもたびたび、私は何十年も前に逃げまどって走った子供時代のあの恐怖を思い出してしまう。私は、年上のクラスメートたちの組織的な残忍な行為から自分を守ってくれる年上の兄や姉がいない、不運な子供たちの一人であった。だから彼らの格好の的であった。（一つに私は年長だったので、）私が選ばれたとは思わないが、あのような虐待はだれでもいいのであって、ある個人目当てではないのだとずっと後で分かった。虐待は人類の間で広く行き渡っているにちがいない。虐待は我々に他人の経験を洞察させ、もっと永続的な恐怖、わな、苦痛や絶望が真にどのようなものであるかを我々に分からせてくれる。性的虐待は虐待の中でも一番嫌悪感にさいなまれるもので、確かに一時的に記憶喪失に陥らせるほどである。

私の本の中には、印刷された文字の行を超えたところに作品が想像された背景があり、そのような背景なしでは作品が存在することができなかったものがある。例えば、一九八五年のあるとき、ペンシルベニア州ヤードリーの南にあるデラウェア川沿いを走りながらちらっと見上げると、鉄橋の廃墟が目に入った。すると、私が十二歳から十四歳くらいの頃、ニューヨーク州ロックポートにあるエリー運河のはるか上の方にあった、似たような鉄道の構脚の横にある歩道橋を渡っていたときの記憶が、とてもあざやかに、直感的に、ぱっとよみがえり、小説が生まれる可能性が見えた。このときの体験が、ニューヨーク州北部の現地と非常によく似た神話的な都市を舞台にした『あなたはこれを覚えていなければならない』を生んだ。だがしばしば逆も起こる。気がつくと、私は家並みの中や家の裏といった、とても興味をそそられる場所を走っている。とても不思議なことなので、どうしても小説の中でこれらの景色について書いて、（文字どおり）よみがえらさなければならなくなる。私は場所というものにすっかり魅了された作家である。私の創作のかなりの部分は、ホームシックを静めるためのものであり、主人公が住む背景は彼ら自身と同じくらい、私にとっても絶対に必要なものである。主人公が見るものをありありと「見る」ことなしには、私は本当に一編の短編も書けないだろう。

物語はそっくりの化身を求める亡霊のように、心に浮かんでくる。走ることで、理想的に意識が広がり、自分が書いているものを映画や夢を見るように心に描くことができる。私はめったにタイプライターに向かって書くことはせず、自分が今までに経験したことを思い出す。ワープロも使わず、普通の手書きで、かなりの長さを書く。(繰り返し言うが、私には分かっている。作家とは頭が変なのである)。手書きのものを正式にタイプで打つようになるまでに、何度も繰り返し心に思い描く。書くことはページの上の言葉の羅列にすぎないなどと私は一度も考えたことがない。創作は心に描く像、複雑な感情、生の体験を具現しようとする試みである。優れた芸術が行う努力は、その努力に見合った感情を読者や観客の中に喚起させることである。走ることは瞑想することであり、より実践的な意味では、走りながら、書いたばかりのページを心の目で次々とめくりながら、誤りや改善点を校正できる。私の方法は、たえず推敲を繰り返す方法である。長編小説を書いている間、流れるような一貫した声を維持するために、毎日、前の区分に引き返し、書き直す。小説の最後の数章を書くときは、小説のオープニングを同時に書き直しながら最後のそれらの数章を書く。そうすることで、少なくとも理想的には、小説は各部分が他の全ての部分と調和して、一様に流れる川のようになる。夢は狂気への一時的な飛行であり、飛行するおかげで、私たちにはよく分からない何らかの神経生理学の法則により、私たちは現実の狂気に陥らずに済むのである。だから、走ることと書くことという対をなす活動もまた、作家をほどよく正気に保ち、そしてたとえ錯覚であろうと一時的であろうと、自制心が期待できるのである。

「私には分からないどんな罪が……」

私は人生を通してずっと人間の個性の神秘に魅了されてきた。我々は誰なのか――かくも多様でありながら、もしかしたら多様性の下では、我々は非常に似ているのではないか。なぜ我々はここにいるのか。そしてここ とはどこなのか。人間の存在の謎は、物体そのものの謎にまで及び、そのまま保留されている疑問は、古代の哲学者が問うた疑問である。なぜ何かがそこにあり、代わりになぜ何もないことはないのか？　意識の目的とは、人間が探求する目的とは、目的それ自体とは、何なのか？

作家としての出発は、もちろん言葉に魅了されることから始まる。言葉の神秘的な響き、美しい調べ、力強さに魅了される。一般大衆向けのスピーチの下に隠された言葉の含みを読み取ろうとする。思いもよらない、おかしい、抑えがたいといった感覚――我々はこの感覚を、言語を越えるもの、と言葉で定義する。子供の頃、我々は年長者の言葉をまねることで、言葉の魔力めいたものを習得する。模倣で始まったことが、ある日、驚きの目で自分の周りを見やりながら、何だろう？　いったい人生とは？　と意識するまでに進展していく。芸術家の中でも最も意識的と思われるプルーストは、彼が「発見」に従属していることを認めている。

……芸術作品を創り出すとき、我々は決して自由ではなく、我々が芸術作品をいかに作るかを選ぶのではなくて……それは我々より先に存在しているのである。それゆえ、もしも芸術作品が自然の法則であるというのなら、必要でかつ隠されているのだから、我々は当然しなければならないことをする、つまり、我々はそれを見つけ出さざるを得ないのである。

（マルセル・プルースト）

子供のような驚きと好奇心で始まったものが、時間がたつにつれて、自分の献身（もしくは思い込み）を貫くなら、「天職」や「職業」となる。何をしているかほとんど知らないうちに、一度も行ったこともなく、予想さえしなかったところに自分が来ていることに気づく。全く知らないいろいろな世界や人々と出会うようになる。そうすることで、今度は我々が他の人々になる。青春時代にあれほど賞賛した世界のあの大人の仲間入りをするまでに成長する。もしも非常に幸運ならば、ジョージ・エリオットやD・H・ロレンスが理想主義的に語った、あの「共感の増幅」という人間の精神そのものの神秘的な進化に参加することになる。

しかし、ウォレス・スティーヴンズが「隠喩の動機」――記録し、書き写し、考案し、熟考しようとする動機――と呼んでいる書こうとする衝動の起源とは何であろう。故ウィリアム・スタッフォードは詩の中で次のように語っている。

だから、世界は二度起こる――
一度は我々が世界をあるがままに見る
二度目は、世界がそのありようを
自ら深く伝説化する

ここで重大な言葉は、物語を作ることを示唆している「伝説化する」という言葉である。我々がたまたまいる世界を実存的に経験することに加えて、二次的な世界を創造することを指している。経験するだけでは必ずしも十分ではなく、何を経験したかを知りたい。そのことを切実に、分析し、論じ、時には、疑い、論駁したい。プラトンの『国家』第十巻の中で、ソクラテスが述べたと言及されている「哲学と詩の間には、大昔から確執がある」が意味するところはたぶん、人類は現状や自分が経験しただけのものにはいつも不満があるということだろう。つまり、人類は想像の戯れにたえず憧れ続けてきたということである。

芸術の起源説をいくつか提案してみよう。

一、芸術は遊び――即興、実験、空想――に起源する。芸術は永久に、最も深い本能において、戯れ的、自発的である。えも言えぬ爽快感を味わうためだけに体を動かすのと同じように、芸術は想像をめぐらす。

二、芸術は反逆によって燃え立つ。妄念に達するほどに、存在するものに反抗し、排斥とも言えるほどに年配者に挑まなければならない。自分自身を、さらには彼の世代を新しく、奇抜で、支配されないものと定義しなければならない。実質的には、全ての芸術家は子供時代あるいは青春期から出発する。青春期において、過去を断ち切らねばという必要性は、種を繁殖させようとする衝動と同じくらい強力である。ヘンリー・デイヴィッド・ソローは「私は三十年ちかくこの地球に住んでいる」と『ウォールデン』の第一章で、特有の謙虚さで語っている。「だが年上の人から価値のある、いや、熱意ある助言の一言でさえ、いまだ聞いたことがない。彼らは私に何一つ言ってくれなかったし、おそらく何も言えないのだろう……。」このような声明に込められた不公平さや不正確さこそ、青春の反逆には必要なものとして共感を得る。

三、芸術は過去をふり返り、考え直す一つの手段である。急速に消滅しつつある世界を記録することである。少なくとも一時的であれ、郷愁の想いに激しく襲われた気持ちを追い払ってくれる手段である。最も細心の言葉で「過ぎ去ったもの、過ぎ去りつつあるもの、次に来るもの」について語るための、それによって永続性を保証するための手段である。私たちが愛し、学ばせてもらい、私たちより先に逝くにちがいない人々に敬意を表するための手段である。風景、生活様式、人々の集いを烈しく思い起こさせてくれる作家は、彼の生得権から追放された人のようだ。早晩、その反逆心さえほろ苦い喪失感に変わっていき、苦痛、怒り、無念でさえ、青春のエネルギーと結びつくかけがえのない感情となる。

四、芸術家は生まれながらにして「地獄に落ちることを宣告されていて」、芸術によって、永久にかなえられそうにない贖いを果たそうとするかのように生涯苦悶する。自分の経験の領域を広げていくように、自分が不完全で不適切であるという感覚が、止むことのない創造の本能を燃え立たせる。視覚的な芸術家は、文字どおり、見ることができる「芸術を作る」。この具象性はその芸術家の自己証明の一部となる。ピューリタンたちが神の恩寵を想定できず、ましてや祈りや善行によって天恵が下されることもなかったので、神によって地獄に落とされるという恐怖を生きたように、芸術家は審美的で精神的な言葉で、自分自身を再現する方法を探し求めているようだ。ウィリアム・バトラー・イェイツのように、芸術家は彼の魂を「作り、破壊する」。芸術家の数々の芸術作品は一つのアイディアや一つのヴィジョンに付随するものかもしれない。彼の数々の作品はつきつめればただ一つの作品であり、容易に理解できると言われるかもしれない。が、それはふり返ってみてのみ、そう言えるのである。

子供にとって初めは、ただ生活があり意識がある。「遊び」はこの二つと見分けがつかない。どんな子供も、神童モーツァルトですら、職業的目的のために、ましてや自分は才能のある人間で、他人の注目に値する対象であると定義するために、「遊ぶ」ことなどしない。サミュエル・ベケットは『ゴドーを待ちながら』の起源について、「それは全て、手とページの間の合作である」と陰うつな大人になってから述べているけれど、彼の素っ気ないコメントはこの点を明かしている。

「作家になりたい」といつ思いましたか、と時々たずねられるけれど、作家や他の何かになりたいとは全く「思わなかった」と私は答える。単純な抽象的な意味で、私は作家で「ありたい」のか、実際自分でもはっきり分からない。ものを書く人は、ある意味では、「作家」ではなく、ものを書く人である。テキストの具体的な言葉以外では、作家とは定義できない。「JCO」は人ではなく、個性でもなく、一連の具体的なテキストという結果を生むプロセスである、と別のところで私は述べたことがある。人々から作品として認められるものは、芸術家の総合的な見方からすれば、プロセスである。私の一番早い時期の、一番生き生きとした記憶は、どんな「自分」とも関係がなく（幼い子供は自分というものに対して、非常にぼんやりとした、とぎれとぎれの残像しか持っていないにちがいないと思う）、絵を描き、クレヨンで色塗りをしている記憶である。そのような遊びの世界、つまりいわば二次的な世界を作り出すことを、哲学者ならば「反事実の世界」と呼ぶのかもしれない。

なぜ――どのような目的のために？　当然、児童心理学者は子供の想像力や遊びに投入される途方もないエネルギーの現象について推論を重ねている。確かに、子供のこのような現象は、自分や「現実」の周囲をあれこれ試行することや、大人の手本を模倣することともちろん関係がある。しかしそれでもやはり、子供の行動は大人には理解しがたいほど活発で、熱狂的で、無我夢中で、予想もつかない。ルイス・キャロルのヒロイン、アリスのように、子供は意のままにウサギの穴や鏡から別の次元に飛び込む。この「別の次元」は、ただ一人の個人だけが出入りできる反現実の世界である。「……芸術家に必要なのは次のものだけである――彼だけが鍵を握っている特別の世界」（アンドレ・ジイド）。反現実の世界は「現実」の世界を映し出し、同時にそれを歪める。そこでは作家は作家自身であり、同時に作家自身ではない……たとえ定説でなくても、このことは芸術の創作について最も重要な事実である。

アリスの本のあのスリリングなオープニングシーンを思い出してもらいたい！　複雑な絵の陰影が夢の状態を想起させるジョン・テニエルの有名な挿絵の中で、いくぶん生き身のものでないアリスが『鏡の国のアリス』にある客間の鏡から押し入ろうとしているのが見える。アリスは以前に知っていた世界ほどはきちんとしていない世界に再び現れるのだが、ここははるかにずっと面白い世界である。あらゆるものが「生きている」からである。チェスの駒は王さま、女王さま、とんでもなく残忍なごろつきに変身している。花はしゃべるだけでなく、熱っぽく議論する。「スナップ・ドラゴンフライ」「木馬バエ」「バターつきパンチョウ」、家のペットのように従順な小鹿、子供向けの神話に出てくる人間の姿をした動物たち、これら全員が、巨大なチェス盤のように区切られているイングランドという「奇妙な」国でアリスの冒険に加わる。

「世界中をつかってものすごく大きなチェスの試合をやっているのだわ、まあ、これが世界というものならばなんだけれどね。わあ、なんて面白いの！　ああわたしも仲間入りできたらなあ！　ポーンでもかまわないわ。入れてもらえさえすれば――そりゃもちろん、女王さまに一番なりたいのだけれどね」

アリスのワクワクしている熱狂は、ポーンで始めて、(少なくとも頭の中では）女王さまとして終わる、という人生の冒険に今にも乗り出そうとしている子供の熱狂である。アリスはどんな子供にも当てはまる勇ましい叙事詩のヒロインである。時に向こう見ずで、時にかなり内気だ。いつも疑問を抱き、好奇心にあふれている。「もっともっと知りたいわ！」と興奮して叫ぶ。世界は確かにますます奇妙で、アリスはますますそんな世界に飛び込む。ルイス・キャロルの反事実の世界は、巧妙な副次的テーマである「適者生存」のダーウィンの進化論を知らされて、徐々に暗い悪夢へと変化していく。「適者生存」は、アリスの本に出てくるたくさんの食べるシーンに最も生き生きと表現されている。（食べることは確かに幼児を夢中にさせるが、「食べられること」は子供時代の暗い幻想と言われている)。『鏡の国のアリス』の結末は、アリスが迫り来る災難の場面から目を覚ましたとき、恐怖からかろうじて逃げられたことを示唆している。アリスは冒険の当初に望んだとおり、祝宴で女王さまの冠をかぶせられそうになったとき、「何か起こりそうだ!」と気づく。この場面は、やすやすと期待はかなうが一瞬のうちに恐怖の予感に逆転する夢の論理に、本質において、なんと精通していることか。

まさにそのときだ……ありとあらゆることが一瞬にして起こった。ろうそくは全部天井までぐんぐんのびた……。ビンといえば、どのビンも皿とペアーを組んで、大急ぎで翼のかわりにくっつき、同様にフォークを足にして、四方八方に飛び回っていった……。

このときアリスは自分の横でしわがれた笑い声を聞いた。白の女王さまはどうしたのだろうと振り向いてみると、女王さまの代わりに、羊の腿肉がいすに座っていた。「私はここよ!」と、スープ入れから声がして、また振り向くと、ちょうど女王さまの大きな人のよさそうな顔が、スープ入れのへりの上で一瞬アリスににこりと笑いかけるのが見えたかと思うと、たちまちスープのなかに消えてしまった。

もういっときもぐずぐずしていられない。お客の何人かはすでにお皿の中に倒れているし、スープ用しゃくしがアリスのいすめがけてやってきた……。

アリスは目が覚めることで、食べられるかもしれないという悪夢から逃れることができる。ウサギの穴を下りていったときの冒険のように、鏡の国での冒険は強烈な心の高ぶりを伴うけれども、子供のヒロインは決して深刻な危険にさらされることはない。このような名作に出てくる子供のヒロインは、子供としての空想の中で大人の生活を「遊ぶ」のだが、目覚めさせてくれる世界、つまり全てが安全で管理されている両親の家にほとんど思いのままに戻ることができる。

さて次に、天賦の才能を持ち、祝福され、あるいは悲運でもあった子供たちがいる。彼らは実際、子供の頃、想像力あふれる地理学者であった。想像をいつもめぐらせている子供の空想家は珍しくはないだろうが、そのことについて少なくとも詳細に知ることはめったにない。ブロンテ家の子供たち――シャーロット、アン、エミリ、そして不運な弟ブランウェル――が広く外に目を向けた、独創的で迷宮のような反現実の世界、つまり想像の世界を考察してみよう。この早熟な子供たちには母親がなく、英国の田舎の教区牧師館に住み、周囲から孤立した家族は、メロドラマに出てくるような暴力を好んだ変わり者の父親によって支配されていた。ふがいない兵士だった父親は、彼としては不運にも、最後は田舎の教区牧師になった。そのような境遇の中で、早熟な子供たちは、地域物語を書くつもりで、二つの空想の土地を創り出した。ゴンダル（エミリとアンの創った土地。田舎のハワースに明らかによく似た太平洋上にある架空の島）とアングリア（シャーロットとブランウェルの創った土地。イギリス人によって征服された想像上のアフリカの国）である。何年ものちに、シャーロットは、父からの贈り物である木彫りの十二人の兵隊を「私たちの遊びの始まり」と呼んだ。普通のおもちゃが子供の想像をひらめかせ、とてつもない頂点にまで至らせたのだった。

ブロンテ家の子供たちはいろいろな遊び、パントマイム、ゲームや連続冒険物語を作った。ついにはゴンダルとアングリアの話は、活字に似せて書いたイタリック体の手書きの文字で埋められた小さい本「リトル・マガジン」の中に収録された。想像上の土地について驚くほど詳細に描かれた年代記的物語は、思春期には打ち捨てられるはずの子供時代の短命な熱中では終わらなかった。シャーロットは最後のアングリア物語を二十三歳のときに書き、アンとエミリはそれぞれ二十六歳と二十七歳になるまでゴンダル長編冒険小説を書き続けた。シャーロット・ブロンテは一八四七年十月、三十一歳のとき「カラ・ベル」の偽名で『ジェーン・エア』を出版した。エミリ・ブロンテは一八四七年十二月、二十九歳のとき「エリス・ベル」の偽名で『嵐が丘』を出版した。（エミリは一年後に死ぬことになる）。一個人の孤独と子供時代の隔絶が不朽の芸術作品に変容した例として、これ以上の勝利が今までにあっただろうか。子供時代の空想を記憶にとどめ、それを大人の情熱と「宿命」として作り変えたものとして、この以上の成功例が今までにあっただろうか。

自伝『自意識』の中で語っているように、ジョン・アップダイクほど作家の衝動について、これ以上心を開いて語った作家は他にいない。この自伝は、自分というものを意識するいくつかの点で（皮膚、息、言語と言語障害、その障害を乗り越えたい願望において）、子供の自己が定義されるようになる、まさにそれらの点に焦点を当てている。自分の吃音を考察している「言葉を出す」の章で、アップダイクは自分の創作の起源は息と関係があると立論している。さらに彼の言語は視覚的でもあった。アップダイクのぎこちなく発せられるアルファベットは「ブロックの塊の上に刻まれたアルファベットを象徴するものとなり……私の意識の夜明け［を記すものとなった］。」アップダイクの母親は自分自身が作家になりたいと切望していたが、アップダイクを育てている間はかなわなかった。彼に入ることを許さなかった部屋に閉じこもって、母親が何時間も何時間もタイプを打つのを聞いていた記憶について語っている。「母がタイプを打つ音は、あの家に秘密めいた、何かを捜し求めているような生活感覚を生み出した。それは、フィラデルフィア通り（一九三〇年代のペンシルベニア州シリングトン）のあちこちにある他の家々の生活とは異なるものだった。」子供のジョンは驚き、傷つきながら「自分がとても愛されている一員であると感じていた現実の世界とは共存することができない、ライバルの世界が母の頭の中には明白に存在していた」ことを発見した。書くことは明らかに大人のもので、秘密でさえあり、没頭させるものであった。子供のジョンにとって書くことは、図式的ないろいろなシンボル、新聞印刷用紙の文字の活字、数コマ漫画の「複写された画像の驚異」として現れた。アップダイクはウォルト・ディズニーの漫画や数コマ漫画を含む大衆文化の世界の虜になった。アップダイクは「さえないざら紙が……ディック・トレーシーやキャプテン・イージーやアーリー・ウープによって命を吹き込まれた」と語っている。数コマ漫画の愛好がこうじて、彼は白紙やベニヤ板の上にも熱心に書き写し、寝室の棚の上にそれらをずらりと並べた。アップダイクの卓越した言葉の才能、散文における丹精込めた技功は、幼い頃にこのように一身に専念したことから生まれたものである。「[漫画ができる」過程で生じる粗雑さやしみのついた不完全さ、ペンによる描線、網目状の陰影、点の反復模様によるベンデイ法といった専門用語が私を魅了し、私を深く引き入れた。たぶん、細菌学者が顕微鏡に引き込まれるように、あるいは言語学者が外国語の文法のおびただしい微妙な差異に引き込まれるように。」

ついでながら、子供時代の空想は自分が作り上げたものであろうと大衆文化から得たものであろうと、本質において、民族の空想に並行していることをここで言及しておくことは有益であろう。他の全ての文学様式に先行したと思われる文学様式は「リアリズム」（たいていの人が最初のものと信じている従来のもの）ではなく、一種の「シュールレアリスム」である。伝説、おとぎ話、民話、保存されている線画の最も初期のもの、その他の「原始的な」美術作品は、決して写実的ではなく、魔術的で神聖で、超自然的な起源を立証するものである。もちろんこれらは作者不詳である。人間の意識という夢のような次元では、まるで私たちは同一であり、現代におけるでしゃばりな「個性」はまだ問題ではないかのようである。拍子とメロディが詩という最も形式的に複雑な作品の基礎にあるように、空想が散文小説の基礎にあるので、たぶん空想と小説の区別がつかないのである。全ての作家、全ての芸術家は空想家と分類されるかもしれない。創造するというその行為、しかもできるだけ情熱的に創造したいという行為自体が空想的な表れであるからである。子供の遊びとして始まるものは、皮肉にも、というよりむしろ本当に素晴らしくも、「職業」「天職」「運命」、さらにある程度の収入のレベルを超えると、「立派な専門職」として終えることになる。しかし、書きたいという衝動の起源は、じれったいほど不可解なままであり、種々の解釈や科学にもかかわらず、夢が理解されないように、その衝動の起源を理解することはできない。

機知に富んだアレクサンダー・ポープは『アーバスノット博士への書簡詩』の中で次のように言っている。

なぜ私は書いたのか。私には分からないどんな罪が
私を文筆の仕事につかせたのか、両親からのものなのか、私自身のものなのか。
まだ子供の頃、まだ名声の道化でもなかった頃、
私はまわらぬ舌で韻律と押韻を口にした、韻律と押韻の方からやって来たから。

＊ポープは「numbers」を韻律と押韻の意味で用いている。

失敗についての覚書

朝が夜を意味する人にとって
真夜中とは一体何なのだろう！

——エミリ・ディキンソン

恋に落ち、不安な気持ちで恋をしているときのように、もし作家が書くことによって人生を狂奔しているというのなら、それは成功を遂げる自信があるからではなく、苦しみぬいて、たえず死すべき運命を自覚しているからである。これは完成できない作品ではないだろうか？これはただ哀れみに訴えるだけの「死後出版」の作品ではないだろうか？……といった疑問がつきまとう。

今現在書いている作家、執筆に取り組んでいる作家、自分の企画に没頭している作家は、一人の人間であるどころか、決して実在するものではなく、いわばプリズムの暗い端に向かって集まる激しく七変化する奇妙な心の混合物である。優柔不断、挫折、苦痛、狼狽、絶望、悔恨、苛立ち、完敗の気持ちが入り乱れる。生みの苦しみの途中で栄誉に預かることは理想的だろうが、不可能である。作品の完成という事実の後で栄誉に預かっても、いつも遅すぎる。というのもその頃には、別の企画が始められていて、別の説明しがたく絡まった連鎖が始まっているからである。たぶん、次々と生じる展開の中で、漠としてせめぎあう数々の個性と争っているにちがいないのではないだろうか。たぶん、失敗への予感は、傲慢に走らせないという、ただ魂の賢明な倹約なのだ。失敗は問題ではない。というのは、いかなる場合でも、作家とは、どんなに悪戦苦闘してきた老練な作家でも、「創造する」試練をやり終えて、「創作」の高みに達するための（かりそめの「才能」はもとより、）スタミナにおいて、本当の確固たる自信が持てないからである。時間の経過とともに創作のプロセスは楽になりますか、としばしばたずねられる。その答えははっきりしている。時間の経過とともに何も楽にはならない、時間を過ごすことさえ楽にはならない。

芸術家は、たぶん、たいていの人々以上に失敗と同居している。程度の差こそあれ、失敗、便宜、妥協と同居している。だが失敗という言葉は一般的には言わないで、秘密にしておく。

失敗は一つの事実であり、ともかく取り返せる事実であるが、一方、成功は人を陶酔させる一時的な幻影であり、じきに突かれてこわれるシャボン玉であり、すぐに花びらが落ちてしまう花のようなものである、と考えるのが妥当である。私は信じているのだが、もし絶望が幸福と同じくらいばかばかしい魂の状態であるなら、絶望は幸福より実質的で、信頼でき、人間の環境と釣り合いがとれている、ということにだれが異議を唱えられよう。たいていの批評家は作家として失敗していると聞かされたとき、T・S・エリオットは「だが、たいていの作家も作家として失敗している」と答えた。

我々作家のほとんどの人はある程度の失敗、もしくは失敗への予感を抱えているけれども、そのことを認めるのはあまりアメリカ的でないという漠然としているがもっともな考えから、失敗の事実を進んで認める人はほとんどいない。あなたの基準はとんでもなく高い、あなたは大げさに言っているにちがいない、あなたは生来憂うつで、陰気な気質の人にちがいない……と人は私に言うかもしれない。このような実際的な都合のいい見方からすれば、「成功」それ自体が「失敗」の一形態にすぎない、つまり、望まれているものと達成されるものとの間の妥協が生んだものということになる。作家は自分に厳しくなければならない。ユーモアのセンスを磨かなければならない。失敗を語るには、何といっても、自分を詩人として失敗したと思っていたウィリアム・フォークナーの例がある。ヘンリー・ジェイムズは劇作家としてのキャリアにおいて明らかに失敗した後、散文小説に転身した。リング・ラードナーはセンティメンタルなポップソングを書くことに絶望したから、申し分のないアメリカ的散文を書いた。ハンス・クリスチャン・アンデルセンは詩、劇作、人生といった他のジャンルで明らかに落第者だったので、おとぎ話を完成できた。ジェイムズ・ジョイスがなぜ散文に専念したかを知るには、詩集『室内楽』をただ一瞥するだけでいい。

怪物と戦う人は誰でも、そのことが彼を怪物に変えたりはしない、と知るがよい。もし深遠をあまり長くのぞきこんでいると、深遠があなたをのぞき返すだろう。ニーチェはこのように謎めいた警告をしている。彼自身の戦い、彼自身の怪物、彼自身の差し迫った深遠に関する限り、ニーチェは自分の眼前のことは十分に知っていたと憶測できる。だが、言い換えれば、彼はこれに付随するアイロニーや、深遠という言葉のあさましい浅薄さを推測することはできなかっただろう。彼は怪物や深遠に対する代替案を提案してもいない。

失敗の亡霊は、過程、取り組み、没頭している妄想的な計略において今失敗しているのではないかという亡霊ほどは取りつかない。ふり返ってみると、敗北とは、結局のところ、必ず過ぎ去ったものである。そして、勝とうが負けようが、それは第三者のものである。しかし、敗北の過程での戦いでは身ぶりの一つ一つ、心臓の動悸の一つ一つ……。これはもう本当に恐怖のどん底であり、言葉では言い表せないほどの苦境である。この苦境をエミリ・ディキンソンは次のように告白している。朝が夜を意味する人にとって、真夜中とは一体何なのだろう！

だがこの詩行を書いた四年ほど前の一八六二年、エミリ・ディキンソンが書いた容赦のない詩は、何と率直で、何と比類ないものだろう。

最初の日の夜がやってきた——
ありがたいことだ
あんなにも恐ろしいことに——耐えられたのは——
私は魂に歌えと言った——

魂は弦がプツンと切れたと言った——
弓は——こなごなになって吹き飛んだ——
それで修繕するために——私に仕事をくれた

次の朝まで――

それから――巨大な一日
繰り返された昨日と同じくらい、
私の顔には恐怖がよみがえり――
ついには私の目をふさいだ

私の脳は――笑い始めていた――
私はぶつぶつ言った――愚か者のように――
数年前のことだったが――あの日――
私の脳はくすくす笑い続けている――今も。

何かが変だ――脳の中で――
私であったあの人――
そしてこの人は――同じように感じない――

狂気なのだろうか——これは。

ここでは、詩人はこれ以上ない簡潔でひっ迫した比喩で、「創造する」止むことのないプロセスの現象を伝えている。例えば、「繰り返された昨日」の悪夢にもかかわらず、いわゆる自我が「魂」に「歌え」と出す指示。また、「私であったあの人／そしてこの人は——同じように感じない」という確信は圧倒的であるが、言葉を続け、言葉を絞り出そうとする雄々しい努力。（短いけれどこの詩を書いた後で、どうやって同じでいられるというのだろう）。再び同年、次のようにある。

その脳は、その道のなかでは
むらなく走る——そして正しい
だが破片でそれさせよ——
お前にはもっと簡単だろう——
流れを引き戻すことの方が——

洪水が丘を切り裂き――
自力で街道をえぐり――
工場を踏みつけたときよりも――

洪水とは創造力の源であり、自己忘却の源である。洪水は、他のものの中でもとりわけ、歌う魂そのものを押し流す。現代において、確かに想像性ではずば抜けた偉業の一つである『ノストローモ』を執筆中に、絶望のぬかるみに入っていたジョセフ・コンラッドが、創作とは「神経質な力」を言葉に「転換すること」にすぎないと言ったことを許すことができるだろうか。深遠なまでに冷え冷えとした発言であるので、この発言は真実にちがいない。そもそも、せっせと多くの作品を書いたチャールズ・グールドが、人は「ある程度の」活動に専心しなければならない、と妻に語っている。

あの自称「運動選手の教師」でさえ、「落胆した猜疑者……／軽薄で、不機嫌で、ふさぎこみ、怒り、気取り、希望を失い、不信心な」ことを激しく拒否したあの人、大声でわめく野生的な楽天主義とほとばしるエネルギーが我々を疲れさせてしまう、あのアメリカの路傍の詩人、偉大なホイットマン自身でさえ、「私が人生の大海とともに引くとき」の中で、物事はしばしば全く異なるものだ、本当に全く異なるものだと告白している。秋、一人で大洋の果てを歩いているとき、「詩を口にする誇りを失った、この張りつめた自分に支えられて」、詩人は次のように激白している。

ああ、まごつき、しりごみし、大地にひざをつく、
大胆にも口を開いてきた自分自身に心苦しく、
すべての無駄話がこだまとなって私にはね返る中
私は自分が誰で何者なのか一度として全く
分かっていなかったと今気づく、
しかし全ての私の傲慢な詩の前に本物の私が立っている
いまだ心動かされず、語られず、全く未到達のままで、
遠くへ退き、自画自賛の手振りやおじぎで自分をあざけり、
自分が書いたあらゆる言葉によそよそしい皮肉っぽい笑い声をあびせ、
黙ってこれらの歌を、それから、下の砂浜を指さす。

これらの詩行が、「汝おお民主主義のために」や「私自身と私のもの」(「私自身と私のものをいつだって鍛錬する/寒さと暑さに耐えるために、銃でうまく狙いをつけるために、船を奔走させるために/馬を乗りこなすために、すばらしい子供の父親となるために」)、そして「私はアメリカが歌うのを聞く」のような、疲れ知らずの活気に満ちた「ホイットマン的」な詩が書かれたのと同じ一八六〇年に出版されたことに注目してみると面白い。もっと抑制が効いて、もっと雄弁なのは一八八一年の「澄んだ真夜中」という短い詩である。ここでは、孤独の中にたたずむ詩人の声、正午のまばゆい光の中で乗降口にはもう立っていない詩人の声を、ふと耳にすることができる。

これはなんじの時間だ、おお魂よ、言葉のない世界へ
なんじは自由に飛行する、
本からはなれ、芸術からはなれ、一日は消え失せ、日課は終わり、
すっかりなんじの姿を現し、黙って、じっと見つめ、
なんじが一番愛するテーマを熟考する、
夜、眠り、死と星。

我々作家や詩人がそのような瞬間を味わう特権を持てるのは、確かに光栄なことである。思い切ってタペストリーの裏をのぞき込み、だらしない結び目やほつれて垂れ下がっている縁の中に糸を見出せるのは光栄なことである。

なぜある人々は筋書きや言語によって経験を解釈するという現象に生涯を捧げるようとするのか、この疑問はずっと謎にちがいない。その行為は人生の代替ではない、ましてや人生からの逃避でもない、それは人生そのものである。それでいてその行為は、まるで現在の時間にすっかり生きていながらも生きていないかのように、一種独特の輝かしさで塗り上げられている。芸術家は名声、権力、富、そして女性の愛を勝ち取るために自分の芸術に励むのだというフロイトの仮定は——これはずっとフロイト自身が秘密にしていた衝動であり、彼自身の低俗さを自らが打診しているものにちがいない——、そのような勝利が獲得できたとしても、芸術家はしばしばいっそう努力に励み、その努力は別として、人生の大半は報われないものである、という事実にほとんど答えてはいない。ところで、解釈しようとするこの本能とは何なのか。揺らめくつかの間の考えを言語という相対的に永久なものに置き換えようとするこの本能とは何なのか。捉えどころのない、「超越的な」理想に仕えて、いかなる場合もきっと誤解されるか、ほとんど全く評価されないだろうに、何十年も取りつかれたように仕事に没頭しようとするこの本能とは何なのか。全ての芸術は隠喩である、あるいは隠喩的であると想定するなら、隠喩の動機は一体何であるのか。動機はあるのだろうか。あるいは、実際のところ、隠喩はあるのだろうか。はばかることなく自信を持って、あらゆる芸術作品について最終的に何らかのことを人は言えるのだろうか。なぜ芸術作品はある個人の中では深く、抵抗しがたく、時に人生を変えるほどに心を打つのに、他の個人にとってはほとんど何の意味も持たないのだろうか。このことから言えるのは、書くことの最大の喜びと苦痛はいつもプライベートなはずで、他人には伝えることができないという点で、読む術は書く術とほとんど違わないということである。双方の秘かな類似性は我々作家自身にも分からない……。はっきりした動機が全くなくても、ある人と恋に陥るように、我々はある芸術作品に対して恋に陥るのである。

歴史上のどの作家にもまして多大な栄誉を授かったトーマス・マンは、彼の生涯の最後の年である一九五五年に、ある手紙の中で自分はハンス・クリスチャン・アンデルセンのおとぎ話「しっかり立つすずの兵隊さん」をずっと賞賛していたと戸惑ったように語っている。「基本的に、このおとぎ話は私の人生の象徴である」とマンは言う。（さて、マンの人生の「象徴」とは何であろうか。アンデルセンのおもちゃの兵隊は新聞から切り抜いた、かわいい踊り子と実らない恋をする。彼の運命は、たとえ偶然とはいえ、むごたらしく子供に火の中に投げ込まれ、「小さなすずの心臓」の形に溶けてしまう)。アンデルセンのほとんどの話がそうであるように、しっかり立つブリキの兵隊の話は、シンプルに見せかけた子供の言葉で表現されているけれども、ほとんど子供の話ではない。トーマス・マンがなぜあの物語にそれほど親近感を覚えたかが分かる。話は次のように始まるからである。「むかしあるところに、二十五人のすずの兵隊さんがいました。この兵隊さんたちはみんな兄弟でした。みんなは同じ古いすずのさじから作られた子供だったからです。どの兵隊さんも、鉄砲をかついで、目はまっすぐ前を向いていました。想像できるかぎりのすてきな赤と青の軍服を着ていました……。どの兵隊さんも、とてもよく似ていて、まるでそっくりでした。ところが、なかに一人だけ似ていませんでした。ほかの兵隊さんとちがって、その兵隊さんは足が一本しかなかったのです。というのは、彼はいちばんおしまいに作られたので、そのときには、もうすずが足りなくなっていたのです。でも、その兵隊さんは一本足でも、ほかの二本の兵隊さんたちに負けないくらい、しっかりと立っていました。実は、有名になったのはこの兵隊さんなのです。」

芸術家は秘かに失敗を好むのではないか、と人はたずねるかもしれない。「成功」には何か危険なもの、有限で制約され、ある意味では何か歴史的なものがありはしないだろうか。奮闘しつづけ、闘争を経て、達成にこぎつけるからである。再びニーチェのことを思い出す。心理学者の中でも最も深く心の中を見極めたのだが、たとえつかの間であっても、たとえ不満足なものであっても、彼は成功という有害な多幸感を味わった。幸福に潜む危険に用心しなさい！私が触れるもの全てが素晴らしいものに変わる。やって来るどんな運命でも私は愛する。だれが私の運命になりたいだろうか。

だが作家が愛するのは、たぶん失敗よりむしろ中毒的な不完全さや危険性だろう。芸術作品はそれ独自の「声」を獲得し、その声を出すことを要求する。芸術作品は完璧であることを強要する。『ノートブック』の中でジイドが述べているように、芸術家は「彼だけが鍵を握っている特別な世界」を必要とする。途中で死ぬかもしれない、重病になるかもしれないという恐怖は全く現実のもので、疑うべくもない。もしここに（作家は完成を恐れ、一方で「死後出版」の可能性、つまり作品の未完成を恐れるという）明らかな矛盾があるなら、その矛盾はおそらくは芸術の構想の中心にこそある。作家は不安定なピラミッド状に積み上げられた卵を運ぶような心境にいる。なぜなら実際彼は、今にも落ちて、床の上につぶれて、見苦しく散乱する危なげで不安定なピラミッド状の卵そのものであるからである。そして、誰一人として、一番「同情的な」仲間の作家たちでさえ、彼の素晴らしい意図を認めないだろうし、もし生きていたなら、きっと完成したであろう偉大な作品を仲間自らが見ることはないだろう、ということを作家は事前に理解している。

芸術家は賭け、危険、謎、魂のある種の錯乱を好む。苦悩、神経のやつれ、作品が未完成であることを切望する。不眠症を愛する。賞賛してくれる人たちからは隠されているにちがいない、過去の自分と過去の作品にいらだちを覚える。

芸術家はなぜこのように極端さに引き込まれるのか、なぜ我々は芸術家と一緒に引き込まれるのか。多くの人が思いもよらないある原典から、率直で情熱的な声をここに引用する。

ほとんど死に魅入られそうになる夢のない夜、あるいは恐怖と歪んだ喜びの夜を過ごしたあとで、夜明け前に時おり目覚めたという経験をもたないものはほとんどいないだろう。それは、頭脳の密室のなかを、現実そのものより恐ろしい亡霊と、全てのグロテスクなもののなかに潜んでゴシック芸術に永久の活力を与えるあの旺盛な生命力をもつ本能が、駆け巡る夜である……。うす暗い薄もやのヴェールが一枚一枚はがされ、徐々に事物の形や色が現れ、われわれは、暁によって世界が昔そのままの姿に創りあげられていくのをじっと見守る。うす明るい鏡がその模倣の生命を取り戻す……。何ひとつ変わっていないようだ。非現実的な夜の影のなかから、われわれが知っていた現実の生活が戻ってくる。いったん中断した生活を、再びわれわれはその中断したところから始めなければならないのだ。きまりきった習慣のいつも変わらぬうんざりする繰り返しのなかで、活動を続けなければならないという烈しい嫌悪感に襲われる。時としては、ある朝まぶたが開くと、一夜の暗黒のうちに世界が新しく作りかえられ、……過去はほとんど全く存在せず、少なくとも義務感や後悔といった意識的な形においてはもはや存在しない新世界が現れるかもしれないという狂おしい切望が湧き起ることもあろう……。ドリアン・グレイにとって、このような世界の創造こそ、人生の……真の目的だと思われたのだった。

ワイルドの偉大な小説の中の、このまぎれもなく本心から出た発言は、ほとんど無自覚と思える賢さでバニヤン的な道徳律を語っている他の章とは区別してかっこで囲むべきであるとしても、独特の辛らつさを損なってはいない。ワイルドはここでは、術策や気取りなしで語っていると我々は感じる。さらに、ワイルドが組み立てた寓意の中の、やや機械仕掛け的な役割からしばし解放され、自ら自分の考えをはっきり説明したドリアン・グレイは事実、我々自身もつけている仮面の不可視性、実は透明性を獲得している、と感じる。

「作家は失敗するだろうか」という質問は、つまるところ、「作家は成功できるか」という質問ほどは適切でない。作家の「執筆生活」を形成している習慣、癖、迷信的な決まりごとなどのプライベートな生活体系とは（おそらく滑稽なくらい）対照をなす、精神的な苦痛や中毒的な世俗への懐疑を仮に認めたとしても、である。（作家のプライベートな生活体系についての研究、例えば、日常生活を送りやすくしてくれる、自発的であるが不本意でもある、いろいろなげんかつぎのような実践についての研究が本当になされるべきである。ここで気づくのは、萌芽期における各大宗教がもつ奇妙で巧妙な要素、例えば、抑制と均衡体制、報酬、タブーといったものは芸術作品としては扱いにくい事柄だろうと思う。あなたの仕事のスケジュールはどのようなものですかとある作家が別の作家にたずねることはあるが、あなたの本の重要なテーマは何ですかとは決してたずねない。というのは、もちろん暗号としてその質問が本当に言外に含む意味は、あなたは私よりたぶん創作に夢中なのですね。そして推敲なさるのでしょうねということだからである）。

つまりは、目的地は「何」であるかより、「いかに」目的地に到達するかの方がいつもはるかに面白い（実際、独創性と労苦の両方に関わっているのだから）。道徳家たちは、芸術家がいわゆる「道徳」より自分の芸術のほうをはるかに評価しているように思われる点について、いつも退屈に議論してきた。しかし、定義によれば、芸術家とは彼の芸術の公的な側面より、内面的な特性についてもっと関心を抱くようになる個人のことではないだろうか――疑うべくもないことだが、目を覚ましている全ての時間と、眠っている時間の多くをこの精神風景の中で過ごしているのだから。

ほとんどの小説家の特性である洞察力と実践力が不思議に混合している例として、ジョイスが『ユリシーズ』において取った多様な形式、あの素晴らしくあふれんばかりの自分を揶揄する声を挙げることができる。「私の考えでは、技巧が「正しい」のか正しくないのかはほとんど問題ではない。技巧は私の十八のエピソードを行進させてくれるための橋として役立つ。そして、ひとたび私が私の隊を渡らせ終えたら、敵軍が橋を粉々に爆破しても、私の知ったことではない。」批評家は一般的に『ユリシーズ』と『オデュッセイア』の独創的な関連性に焦点を当てるけれども、その古典的な構成はジョイスがある程度恣意的に選んだものであり、ジョイスは別のもの、例えば、『ペール・ギュント』あるいは『ファウスト』を選んだかもしれない。作家が作品の秘密の鍵を見つけ出すための苦心は、おそらくは作家が一番当惑し、もがき苦しむところであり、その困難さについては容易には説明できない。その小説を書かなければ

「ならない」人にあらかじめならずしては、小説は書けないし、その小説を創り出す過程、労苦にまず従属することなくしては、その人になれるはずがないからである……。これゆえ作家は不眠症に身をゆだね、今にも失敗するのではないかという永久的な感覚に取りつかれ、今にも崩れ落ちそうなピラミッド状に積み上げられた卵の錯覚や、今にも吹き飛ばされそうなトランプで組み立てた家の錯覚に捉われることになる。無愛想に、スタニスロース・ジョイス〔注ジェイムズ・ジョイスの弟〕は一九〇七年日記に記している——「……書いているときは、自分の心はなんとかほぼ正常である、とジムは言う。」

しかし、私の立場は詳述してきたように、つまるところ、ただタペストリーの裏返しである。もう一度考えてみよう。ひょっとして時として、失敗には本当に文字どおりの利点がありはしないだろうか。数々の経験の中で最悪に憂うつなものでさえ、裏返してみて見ると、最終的には価値、成長、深い意義といった経験と類似するものではないだろうか。ヘンリー・ジェイムズが劇作家としてあれほど見事に失敗したことによって、少なくとも二つの結果が生じた。一つは神経の衰弱を引き起こし、そして二つ目は、彼には適していない仕事から身を引くことになった。（彼が演劇というものにあまりに壮大な「文学的」、野心的な考えを持っていたからではなく、実際は、彼の演劇への熱望はとても因習的で、とても平凡なものだったからである)。それゆえ、相対的に失敗は大きくなってしまった。『ガイ・ドンヴィル』が公的に大失敗となった後で、ジェイムズはノートに次のように書いた。「私は私「自身」の使い慣れたペン——今までの忘れがたい全ての努力と神聖な苦闘のペン——を再び手にしている。今さら自分に言い聞かせるべきことは何一つない。大きく、満々と、高く未来はまだ開かれている。本当に今こそ生涯をかけた作品を書く時なのだ。私は必ず書く。」『メイジーの知ったこと』『厄介な年頃』『使者たち』『鳩の翼』『黄金の盃』、これらのジェイムズの生涯の作品がその後生まれた。ロンドン劇場で上演すればどれが成功を収めただろう、いや、そんなことは必要ではなかっただろう。

ウィリアムとヘンリーの妹であるアリス・ジェイムズは、ヘンリーの告白するところによると、「姉妹たちはチャンスというものをほとんど一度も持つことがなかった」家庭に生まれた。秀逸な『日記』で認めているように、アリスは様々な種類の失敗の生涯を送った。大人になれなかったこと、世間で言う意味で「女性」になれなかったこと、そして気高いほど頑強なものとして我々の心を打つのだが、生き延びることができなかったこと。(四十三歳のとき、アリスは乳がんと分かると、狂喜したように自分の非常な幸運について日記に書いた。今、長くいとわしい病弱の生涯が具体的に、明白に、死をもって立証されたからであった）。

アリスはずっと病床にあった。アリスは卒倒の発作、けいれん、ヒステリーの発作、原因不明の麻痺による痛み、さらに、神経性感覚過敏症、脊髄神経症、心臓の合併症やリュウマチ性痛風といった、十九世紀の婦人病の「無垢な」犠牲者だった。アリスはだれからも多く注意は注がれたが、だれかの関心の的では全くなかった。寝椅子に横になっていたので、彼女は公の世界、男性や歴史の世界では重要ではなかった。彼女は数に入らなかった。彼女は存在しなかった。だがその死後やっと兄弟たちの前に現れた『日記』は、アリスの容赦ない目、聞き間違えることのない正確な耳を顕らかにしている。それらは、その鋭敏さにおいて「ハリーの」（すなわちヘンリーの）鋭敏さに匹敵し、その風刺的で、時に、残忍なユーモアはヘンリーよりはるかに勝っている才能である。アリス・ジェイムズの病弱な生涯は彼女から全てを奪っている。だが逆説的には、何も奪っていない。『日記』の勝利は明らかに文学の声の勝利であり、ヴァージニア・ウルフの名高い日記の声と同等に評価できる。

起こること、あるいはむしろ起こらないことについて少しばかり書く習慣を私が身につけるなら、私に住みついている孤独感や孤立感を少しはなくせるかもしれないと思う……。
メモに走り書きしたり、書き込みすぎた部分を「すっきりさせるために」読んだりして、そこにいる姿のない人々に姿を与える。人生は思いもよらないほど豊かなもののようだ。

人生は思いもよらないほど豊かなもののようだ――外的な苦難をものともしない、作家の、芸術家の口から突然出た感嘆の声である。

その病人はずっと病人のままである。彼女は誇らしげに夭折する。看護婦が彼女の苦難に哀れみの言葉をかけようとすると、運命は、いかなる運命も、それが運命であるがゆえに、人を引きつけるのであり、よって同情は不必要である、とアリスは日記に記している。人は苦しむために生まれているのではなく、苦しみと折り合いをつけ、苦しみを受け入れる方法を選び、考え出すために生まれている。

どの評者も手厳しくアリスに評価を下さざるを得ないと感じている。まるで『日記』が文学的価値を持つ文書でないかのように。まるで『日記』が文学的、歴史的な関心において、彼女と同時代の男女の作家が出したほとんどの出版物より劣っているかのように。このように人の才能を見抜くことが「できない」ということは、内面性とはかなり異なる別の何かのせいかもしれない。ジェイムズ家では「興味深い失敗は、あまりに分かりきった成功よりずっと価値があった」ということを、多くの第三者同様、我々作家も覚えていなければならない。

ともあれ、アリス・ジェイムズは虚構の中の人間のように思える「アリス」を、素晴らしく忘れがたい声を、創り出している。抵抗することなく死に沈むのはアリスである。次のように言うのもアリスである。「自分の人生を五つのクッションと三枚のショールの添え物として過ごす人はだれでも、即座に一番不様な自殺を犯しても了とされる、と私は宣言しよう。」

シリル・コノリーによる挽歌風の「戦争本」『不安な墓場——パリヌールスによる言葉の循環』の中で、影のような運命の人物パリヌールスは、自分の自殺を「瞑想し」（この言葉の力がこれほどぴったり当てはまる例は他にない）、ついには自殺を拒絶する手段として、憂愁的だが力強い年輪の知恵をめぐらせる。アイネアスの伝説的な水先案内人であるパリヌールスは、三十九歳のコノリーにとって、自分自身の矛盾の表象となっている。その特異な「言葉の循環」は、一九四二年の秋から一九四三年の冬の間、ロンドンで書かれたという特別な歴史的コンテクストを思い出さなければ、彼の矛盾は「ノイローゼ的」で、自滅的と呼ばれるものかもしれない。『不安な墓場』はたえず形式が変わり続ける日誌で、風刺詩、回想、逆説、記述文から成る叙情的な組み合わせである。ホラティウスやウェルギリウスからゲーテ、ショーペンハウアー、フローベール、さらに近代の作家にいたるヨーロッパ文学の巨匠が、パリヌールスの瞑想の中でさまざまな声として用いられている抜書き書のようなものである。「ランプリエール」では、パリヌールスが哀れみと同様に、天罰を求めているような運命に苦悩している様子を手短に述べている。

アイネアスの熟練した船の水先案内人であるパリヌールスは、眠っているうちに海に落ち、三日間嵐と波にさらわれ、やっとヴェリア近くの浜辺にやって来た。しかしその地の残忍な住民は彼を殺害し、服をはぎ取った。その死体は葬られず、浜辺に打ち捨てられた。

死の誘惑についてのコノリーの瞑想は、地獄への転落、浄罪、治癒というイニシエーションの形式の構成をとっている。「パリヌールスの亡霊はなだめられなければならない」からである。四十歳になろうとするコノリーは、「虚栄、倦怠、罪悪と悔恨の死骸のようになったわが身をもう十年間引き上げる」準備をする。彼は結婚に失敗し、愛したフランスは、戦争の結果、彼から切り離された。たぶん、彼が知っていたような世界はもう長くは続かないだろう。彼はアヘンを吸って得るものがあるかを熟考する。四人の友人が最近自殺したことについて黙想する。彼は自分の失楽園を明け渡し、変化はしたが明らかに永続的な世界に自分を適合させる。その言葉の循環は、パリヌールスが自分の運命に応じることを綿密に分析し、幸福の美徳を控えめに弁護することで終わっている。

一つの神話として……価値ある心理的な解釈をすることで、パリヌールスは、失敗への確かな意志つまり成功への嫌悪、最後には断念する欲望、孤独と孤立への衝動、無名でありたい衝動を明らかに象徴している。偉大な能力をもち、高名な社会的地位にあったにもかかわらず、パリヌールスは、勝利の瞬間にその地位を捨て、未知の浜辺を選んだのだった。

このように、コノリーは「パリヌールスの」未知の浜辺への欲求を理性的に考えることに没頭してやっと、失敗や執拗な死への偏愛を拒絶している。『不安な墓場』は、失敗に対する共感という意味で、ユニークな作品として成功を収めている。

最小限のレベルで出版がかなう「成功」はもしかしたら失敗と呼べるかもしれないなら、その意味での早い時期の失敗や、挫折の繰り返しがジェイムズ・ジョイスという作家の将来を可能にしたのかもしれない。これらの要因は、ともかく、彼を卑屈にさせなかった。

　彼の小説の最初の試みである『スティーヴン・ヒーロー』を考察してみよう。まさしく「最初の小説」と読めるちぐはぐな作品である。野心的で、若さにあふれ、若さゆえの活気と未熟な洞察が作品を台無しにしていて、全体の構想と文体も全くありきたりではあるが、「有望な」と人は言うだろう。（D・H・ロレンスの最初の小説『白孔雀』ほどは、際立って有望ではないけれど）。もしジョイスが『スティーヴン・ヒーロー』を出版できそうだと分かっていたなら、もし他の出版であれほど苦い経験をしていなかったなら、『若い芸術家の肖像』を構成している題材を使ったことだろう。するとあの偉大な小説は書かれなかっただろう。いろいろなことが起こり、ジョイスは世間から退き、あの傑作を書くのに十年を割いた。最初の草稿を素材として使って、言葉を磨き、『スティーヴン・ヒーロー』を全面的に書き直した。『スティーヴン・ヒーロー』は人物とアイディアを提示し、物語を語っている。これに対して、『若い芸術家の肖像』は、創作者が自分の天分の広さと深さを発見しているので、言語についてのものであり、言語そのものであり、創作中の創作者の肖像そのものである。小説が進むにつれて、スティーヴン・ディーダラスの「熟成する魂」は個性とその挑むような力を獲得している。小説の結末では、作者から第一人称の声を奪い取り、小説の語りの術策をスティーヴン自身の日誌に置き替えて、ある種の自律性さえ獲得している。例外的ではなく、おそらく平凡でさえある題材から、ジョイスは英語で書かれた中で最も独創的な作品の一つを創造した。しかしながら、『ダブリン市民』の出版があれほど破局的ではなく、この「有望な」若きアイルランド人による最初の小説に対して騒ぎ程度のものが起きていたなら、『スティーヴン・ヒーロー』の本がその翌年に出版されたと想像できよう。というのも、『室内楽』（ジョイスの最初の本）の詩がいかほどのものであっても、ジョイスは確かに当時、自分自身の作品を適切に評価できるほどの能力はなかった。そして、とにかく、いつものことだが、彼は金が必要だった。もし『スティーヴン・ヒーロー』が出版されていたなら、『若い芸術家の肖像』が書かれることはなかっただろう。『若い芸術家の肖像』がなかったなら、とりわけその結末がなかったなら、『ユリシーズ』の誕生を想像することは難しい……と推測できる。ふり返って考えてみると、たぶんにそう思える。しかし、ジェイムズ・ジョイスは彼の作品の人気のなさに守られたのだった。弟スタニスロースが述べているように、ジェイムズは「失敗にしっかり根ざしたあの主義を曲げない精神」を享受したのだった。

このように失敗が成功をもたらした例は数え切れない。偉大な小説『虹』が途方もなく異常なまでの激しい非難を沸き起こさないで、月並みな人気本の運命に甘んじた、そんなD・H・ロレンスなどだれが想像できようか（「これらのページに写し出されているのは、あらゆる種類の不道徳と挑発でしかない」とある批評家はある出版物に書き、別の批評家はこの小説は「存在する権利がない」と言った）。このような酷評がなかったならば、ロレンスの激怒と嫌悪で燃え上がった『恋する女たち』は、いかようにして書かれ得たであろうか。数版考えられるものとして、福音的な『チャタレー夫人の恋人』が書かれていたならば、その後どうなったことだろう。アメリカでは、（スウィンバーンやエリオットやその他の詩人をいろいろと不器用に手本にして）「うまくいった」ウィリアム・フォークナーの詩のようなケースもある。初期の独創性のない小説が相当に公的、商業的成功を収めたフォークナーのような例もある。『兵士の報酬』ではヘミングウェイを模し、『蚊』ではハクスリーを模し、その結果フォークナー自身の声は決して引き出せなかったようだ。（というのも、フォークナーは金が必要なとき、いつも金が必要だったのだが、できる限り速く、実利的に書いたからである）。彼の偉大で、特異で難解な小説（『響きと怒り』『死の床に横たわりて』『八月の光』『アブサロム、アブサロム！』）は商業的見込みがほとんど望めなかったがために、彼は望むだけ徹底的に言葉で実験できる自由、広さ、他人に干渉されないプライバシーさえも手に入れることができた。天才が一番要求するのは、スタニスロース・ジョイスが語ったあの「主義を曲げない精神」だからである。

しかし、天才は自分が天才だとは知る由もない――きっと。天才は希望を抱き、予感し、猛烈に偏執狂的な疑念に幾度も苦しむが、最終的には、基準はただ彼自身である。成功は遠く、錯覚であり、失敗は自分の忠実な道ずれで、次の本はもっといいものになるだろうと想像させてくれるための刺激である。さもないと、なぜ書こうか。書きたい衝動といえば、思索的で、哲学的とも聞こえるかもしれないが、実際は、疑うべくもなく血や骨と同じように肉体的なものである。死ぬ前に何かいいものを書きたいというこの飽くなき欲望、人生はなんと短く熱いものであるのかと襲いかかってくるこの感覚。これらは私にしがみつかせる……私の一つの錨に。ヴァージニア・ウルフは彼女の日記の中でこう言って、我々作家全員の気持ちを代弁してくれている。

インスピレーション！

そのとおり、インスピレーションは存在する。なぜだか分からないが存在する。霊感に打たれる。これがどういう意味で、時おりどう感じるかも、我々作家は知っている。だが、霊感に打たれるとは、正確にはどういうことだろう。突然に、しばしば、不可抗力的に人生が生まれ変わり、活力に満ちあふれ、わずかな興奮に包まれている感覚。しかし、他のほとんどの物はそうでないのに、なぜいくつかの事物、例えば、ある言葉、ある一瞥、窓からチラッと見た景色、ふと思い出す記憶、香り、会話に出てくる逸話、音楽や夢のかけらが、我々の強烈な創造力を刺激する力を持っているのか、そのことについて我々は何も言えない。作家はみんな、過去に受けた霊感がどのようなものであったか知っている。だが将来、霊感を受けるだろうという確信はない。ほとんどの作家はインスピレーションが戻ってくるのを願いながら、めげないで自分の仕事に専心する。たとえて言えば、マッチが折れる前に、小さな炎がさっと浮かび上がるのを願いながら、湿ったマッチを何度も何度もするようなものである。

初期のシュールレアリストは確かに正しかったと私は思う。彼らにとって、世界は我々が解釈するための「記号の森林」である。ちょうど夢の中では明らかな無秩序の下に意味があるのと同じように、目に見える世界には明らかな無秩序の下に「メッセージ」が含まれている。崇敬の念を持って見る人々、そして「見える」用意のある人々にとって、イメージは満ちあふれている。例えば、シュールレアリストの写真家マン・レイはカメラを携えて、パリの通りを歩き回った。何も期待せず、ただ利用できるもの（ディスポニビリテ）、使えるもの、機会を無心に記録した。シュールレアリスムに一番強くつきまとうイメージは、最初は純粋に日常的なイメージだったものが、なんの脈絡もなく奇妙に作られたものに変わる、というものである。詩人ロートレアモンはそれを「解剖台の上に置かれたミシンや傘に偶然出くわしたような美しさ」と言った。

どのシュールレアリストにも劣らず、利用できるもの（ディスポニビリテ）を意外なほどこだわりなく受け入れたのは、ヘンリー・ジェイムズだった。彼はロンドンの社交界のディナーテーブルで話される会話に熱心に聞き入った。（我々が内省的で学究的な人物だと全く勘違いしているこの人気作家は、長年の間で、一シーズンだけで二百回も外食したことがあった。

ジェイムズはじっとして、耳を傾けることを知っていた人であった。彼は数え切れないほどたくさんのゴシップまがいの話を聞き、またふと耳にもした。しかし、彼の非常に精錬され、難解で、きわめて個人的な芸術の目的のためにつかみとったのは、ほんのわずかであった。それらの中には、『アスパンの恋文』『ポイントンの蒐集品』『聖なる泉』、そして世紀末の心理的な恐怖を感じさせるあの名作『ねじの回転』がある。（のちに『ポイントンの蒐集品』の喜劇的なプロットを提供してくれることになる面白い逸話の半分ほどを聞いたとき、ジェイムズは残りを話さないでほしいと頼んだ。単なる事実に基づく真実によって、自分の想像力をそがれたくなかったからである）。長い年月アメリカを離れていたのちワシントン広場を再訪した際、ジェイムズは自分がアメリカにいない間アメリカに残っていた自分の幽霊を「見た」と主張し、注目に値する幽霊の物語「懐かしの街角」を書いた。そこでは、アメリカで生きていない自分、すなわちもう一人のジェイムズが姿を現し、また同時に追い出されている。ダブリンの一九一六年の復活祭蜂起の後で、ウィリアム・バトラー・イェイツはアイルランドの反乱者が彼らの命を無駄にしたことに憤った。だが数日間、彼はたった一行の神秘的な詩に取りつかれた。その一行は何度も何度も繰り返され、ついには「恐ろしい美が生まれる」というその一行を軸にした彼の偉大な詩「一九一六年、復活祭」としてまとまった。

私はそれを詩に歌い上げる――
マクドナとマクブライド
そしてコノリーとピアスは
今そしてこれからも、
緑の衣をまとういたるところで、
変わっている、すっかり変わっている――
恐ろしい美が生まれたのだ。

「アイザック・ディネーセン」という偽名を慎重に選んで書いたカレン・ブリクセンは、そのほとんどが苦いものであった個人的な経験を、謎めいたとは言わないまでも、よそよそしいものに一変させた。しかし、手がかりとなる解読方法を知っていれば、彼女の作品には一貫して自伝的要素があることが分かる。例えば、『最後の物語』の中の「枢機卿の三番目の物語」という後年の寓話の中で、若いローマ人の労働者が誇り高い処女より先にバチカンにある聖ペテロの像の足にキスをし、その後で彼女も同じようにキスをして梅毒にかかる。同じように

「罪もなく」うつされたディネーセン自身の梅毒の秘密は、この本の出版時には一般的には知られていなかったから、この細部の記述は明らかに「軽率」だという否定的な批判がかなり起こった。若き日のジャン＝ポール・サルトルは、幻覚剤によって引き起こされた木の根のヴィジョンにとても深く心打たれたので、彼の最初の小説『嘔吐』は、実際は、神聖なイメージをもとに出来上がったものである。このイメージは、誤ってではあるが、木の根が不可思議な、ふつう有害な物質性を表すという点で、結果的には実存主義者の物質への傾倒を象徴することになった。

一九六三年、詩人のランダル・ジャレルは母親から手紙の入った箱を受け取った。その中には一九二〇年代、十二歳のときに書いた手紙も入っていた。彼は直ちに、最後の創作活動の期間に突入した。彼の妻が言うように、事実、詩が突然頭に浮かんできたのであった。『失われた世界』という本のタイトルが全てを言い当てている。この前までジャレルは創作活動をしていなかったが、この後はふさぎこんでしまった。彼は一九六五年に死んだ。詩人のセオドア・ワイスはある二十行詩を書いていたとき、インスピレーションに打たれ、その後数日間、さらに数ヶ月間、そして、ついには数年間、あわせて二十年間、その詩に取り組み続けた。その詩の一行一行は不思議にも「シナリオのように展開し」、ついには本の長さほどにもなり、ワイスの最初の詩『射撃照準器』として出来上がった。ユードラ・ウェルティはミシシッピ州ジャクソンにある美容院で、驚くような話を毎週聞いているうちに、初期の短編「石になった男」を書いてみたくなった。この短編では作家は完全に姿を消し、さまざまな声に自由にしゃべらせている。アディロンダック山脈を運転中に、E・L・ドクトロウは「ルーン・レイク」という看板をふと目にした。その看板には、彼がその山脈について感じたもの全て（「見るからに謎めいた荒野、暗い秘密に満ちた場所、森の中で朽ちていく歴史」）が集約されていた。そして突然、小説『ルーン・レイク』の起源、構成力が生まれた。それは「場所に抱く感情、一つか二つのイメージ」であった。

ジョン・アップダイクにとって、インスピレーションは、ある意味で、「配達されるはずの物の入った小包」として訪れる。祖父の死の一、二年後の一九五七年、ペンシルベニア州シリングトンにある廃墟となった古い救貧院を再訪したとき、アップダイクはその光景に深く心動かされた。「［救貧院があった］汚い場所から、今まで見たことのないような未来の小説を書きたいという欲望がわいてきた。寓意形式で未来を描いたきわめて個人的な作品を書きたかったのだ。」こうしてアップダイクの最初の小説『プアハウス・フェア』は着想されたのだが、典型的な「自伝的な」処女作とは、まさに正反対である。ノーマン・メイラーの最初の小説『裸者と死者』は、対照的に、全面的に用意周到な努力の結果であって、メイラーによれば「私が二十四歳になるまでに学んだ全ての確かな成果であった。」メイラーの人物像はページに載る前に長い間、構想を練られてからファイルボックスの中にしまわれていた。書き始める前にカードを何百枚も貯めておいていたので、書く頃には「小説それ自体は、ただ長時間運行していた流れ作業が終了したようなものだった。」しかし、メイラーの二番目の小説『バーベリの岸辺』は、どこからともなくやってきたようだ。どう続けるべきか、どこに向かっているのか全く分からないまま、毎朝書いたのだった。若い大工が一生懸命やる気いっぱいで家を建てるように、『裸者と死者』は丹精こめて組み立てられたのに対して、『バーベリの岸辺』は「森の真ん中でばったり出会った幽霊が私に書き取らせたとしか思えないようなものだった。」同様に、メイラーの『ハック・フィン』にあたる『なぜぼくらはヴェトナムへ行くのか』は、「とても存在しそうにない十六歳の天才——彼が黒人なのか白人なのかさえ私には分からなかった」主人公の声に、ある意味で口述させられて、三ヶ月間恍惚状態で、熱気に包まれて書き上げられた。ジョーゼフ・ヘラーの小説の最初の一文は、例によって、テーマ、背景、人物、物語に左右されないで、唐突に現れる。『キャッチ＝二十二』の冒頭の一行——「それは一目ぼれだった。はじめて——司祭を見たとたん、彼は烈しい恋に陥った」——はただわけもなくへラーの頭に浮かんだもので、説明のしようがなかった。だが一時間半もしない内に、ヘラーは頭の中で小説の要、すなわち、独特の語り口、巧妙な形式、たくさんの人物のいる作品を把握したのだった。『何かが起こった』は謎めいた次の文章で始まる。「私が勤めている会社には、私が恐れている四人の人間がいる。この四人のだれもが五人を恐れている。」一分前まで、ヘラーはその後何年間も没頭することになるその作品について何も知らなかったのに、一時間もしない内に作品の始め、中間、終わり、そして支配的な不安の口調がつかめた。

ジョーン・ディディオンは「人物」「プロット」「事件」について何も分からないまま、『決められたままに演じよ』を書き始めた。彼女の心の中には二つの情景があっただけだった。一つは、だれもいない白い空間。もう一つは、ハリウッドの二流の女優がラスベガスのリビエラ・ホテルのカジノで名前を呼び出されている場面である。だれもいない空間からはどんな物語も浮かばなかったが、女優の存在から次のような場面が見えてきた。「短い白いホールタードレスを着た長い髪の若い女性が、午前一時にリビエラ・ホテルのカジノの中を歩いている。一人でカジノを通りぬけ、そこの電話を取る。私は彼女が呼び出されるのを聞いていたので、じっと見ているうちに、彼女の名前を思い出した。ロサンゼルスあたりで見かける二流の女優で、会ったことは一度もない。私は彼女について何も知らない。だれが呼び出しているのだろう。なぜここで呼び出されているのだろう。一体どういうわけでここに来たのだろう。ラスベガスでのまさにこの瞬間、『決められたままに演じよ』の方が私に語り始めた。」

一九七六年の『パリス・レヴュー』誌のインタヴューで、ジョン・チーヴァーは全く共通点のない、いくつかの事実が自然に一緒に頭に浮かんできたことについて語っている。「取って置くというレベルの問題ではない。感電したような衝撃的なものだった。」書くこととはそのような「ずっしり重いもの」をきちんと捉え、そのヴィジョンに合致する言葉を得るために困難な努力をいとわないことである。きっと全ての文学的想像力の中で最も奇妙な例は、ジョン・ホークスの『情熱の芸術家』である。ホークスのアンソロジー『血と肌のユーモア』の中にあるその小説の抜粋につけた序文の中で、彼と妻が南フランスで一年過ごしていたとき、ひどい麻痺状態のうつ病のただなかで、わけが分からないほど書けなかったときのことを述べている。「わが家に入るといつも、私は父の棺を見たと思った……。両親ともメイン州で埋葬されていたのに、この光景が見えた。毎朝私は小さいテーブルに無感覚でぼんやり座っていた。毎朝ソフィーは私のテーブルに摘んできたばかりのバラを一輪置いたが、これらの愛と励ましのお守りも全く効き目がなかった。全てが絶望的で、書くことなど問題外であった。」そんなとき、昼食の招待を受けた。ホークスはある中年男性について、少しばかり生々しいうわさ話を聞いた。その男性はある日、ニースにある学校に幼い娘を車で迎えに行くと、偶然にクラスメートの一人から、娘は売春に精を出していて、その日ももう運動場からいなくなって、密通に出かけたと知らされた。ホークスはその秘話をじっと聞いていた。すると、彼自身がひとりぽつんといる少女のほうに、それからだれもいない運動場にあるぶらんこのほうに歩いていく姿が見えた……。もう一つ、二つ、一見ばらばらの連想が浮かび、『情熱の芸術家』が生まれることになるプロットが出来上がった。彼のあの麻痺はもう消えていた。

空想的なものに関して一番賞賛に値することは、空想的なものなど存在しない、つまり全てが真実である、とアンドレ・ブルトンは言っている。

『若い芸術家の肖像』の原題『スティーヴン・ヒーロー』の中で、スティーヴン・ディーダラスはジョイスの「エピファニー」の概念を説明している。「言葉または身ぶりの俗悪さにおいてでも、精神それ自身の記憶すべき様相においてでも、突然の精神的顕示のことである。彼は、そういうものそれ自身が時々の中で最も微妙でつかのものであるのを見て、極度の注意深さでこれらのエピファニーを記録することは、文学者の役目であると信じていた。」芸術のための最も潜在的な動機の一つであるジョイスのこの概念は、今では批評において陳腐なことになっているが、だからといって、この点の検討をないがしろにすべきではない。十代後半とユニヴァーシティ・コレッジ・ダブリンの学生時代に、若きジョイスは書きたいだけでなく、天才の作品を書きたいという野心に燃えて、「数々のエピファニー」を実際自分自身でノートに収集し始めた。彼はおよそ七十件のエピファニー、つまり突然の予期せぬ「精神的顕示」の瞬間を収集し、その内四十件が残存している。その多くは『スティーヴン・ヒーロー』（ジョイスの初期の未完成の小説）と『若い芸術家の肖像』で、ほとんど、または全く変更しないで使う予定であった。『ダブリン市民』の物語はそのような啓示をもとに構成されているというよりは、語りの構成に合わせた散文詩のようなものである。『ユリシーズ』は、やや決意が強固すぎる知的な（イエズス会士的な？）気骨に合ったエピファニーを長々と賞賛したものと言えるかもしれない。一つの短編が疲れ知らずに膨れ上がり、宇宙を包み込むまでになっている。（事実は、『ユリシーズ』は「ユリシーズ」か「ミスター・ハンタの一日」というタイトルで『ダブリン市民』のための短編として形だけの起源はあったが、ジョイスによれば、タイトル以上にはならなかった）。エピファニーは、すでに存在している（が定義できない）内面の状態を喚起するときのみ、もちろん、重要性を発揮する。恩寵が本当に外から我々の身に注がれると想像するのは幼稚というものだろう。芸術家はどんな天恵にも精神の用意ができていなければならない。

しかし、作家は実際、（ジイドの言葉を使えば）彼だけが握っている鍵で、秘密の世界を勝ち誇って手に入れられるのだろうか。もしかしたら作家の方がそんな世界に取りつかれているのではないだろうか。無意識特有の力は、無意識が向かうところに我々を導き、我々が行きたい、できたら行きたいと思うところへは導かない。夢が支配されないように、どんな芸術作品の開花も、非常に微小な面以外は、何にも支配されない。作家が小説の「声」を見つけると、その「声」は彼を陶酔させ、魅惑し、全く摩訶不思議な状態にさせる。声はどこからやってくるのか。声はどこへ行くのか。おとぎ話や伝説にあるように、魔法の鍵が神秘の部屋の戸を開ける──だがだれがあえて入るだろう。もし戸がバタンと閉まってしまったら？　もし呪文が解けるまで閉じ込められるのなら？　でもその「呪文」が生涯続くのなら？　でもその「呪文」が人生そのものであるなら？

そこで、「悪魔的」芸術についての一般的な概念についてだが、それはプラトンが主張する芸術の神聖な起源とは逆のものである。だが別の意味では、二つの説は同一である。我々ではない何かが我々に住みついている。何かが我々を通して話すと言い張る。文学的強迫観念に捉われることは、他のあらゆる強迫観念、例えば、一番原始的で強烈な性愛の虜になることとそれほど大して違わない。性愛では、感情の対象は全面的に人間に対してであるが、感情そのものは何か非人間な力を持っている。原始的で、ほとんど非個人的で、時に人を恐れさせるほどの力を持っている。これは「霊感」［注　ブレインストーム］の概念そのものであり、ほとんど文字どおり、荒れ狂う風、雨、自然現象を暗示する隠喩である。ウィリアム・ブレイクのヴィジョンの横溢、どんなに健康がすぐれず、肉体的に疲れ果てていようとも、夜通し！　疲れを感じず！　心奪われて！　初期の物語を書いていたときのカフカのエクスタシーなどはその例である。「創造力がたちまち全宇宙に秩序をもたらすのはなんと奇妙なことだろう」とヴァージニア・ウルフは一九三四年七月二十七日に述べているが、彼女はさらに続けて、「宇宙」とはつまるところ、その人自身のきわめてプライベートで未探求の自己、つまり「悪魔的で」「神聖な」もの、と述べたかもしれない。

メアリ・シェリーの『フランケンシュタイン』の起源は、あの非凡な作品そのものの魅力とほとんど同じくらい、原始的である。（バイロン卿の何げない提案に応じて）幽霊の話を作ろうとしたが書けず、数日後にメアリ・ウルストンクラフト・ゴドウィン・シェリーはベッドの中で白昼夢的な空想にひたった。「私は冒とく的な技術を専攻する青白い顔をした学生が自分の作った物のそばでひざまずいているのが見えた。ぞっとするような男の幽霊が大の字になり、それから、何かの強力なエンジンがかかって、命の兆しが現れるのを見た……。成功したため作り主は怖くなった。この物が……鎮まって死体になるだろうと［願いながら］走り去った。学生は眠る。しかし、目が覚める。目を開ける。見ると、そのげに恐ろしい物が自分のベッドの横に立って、カーテンを開けようとしているではないか。」『フランケンシュタイン』の中心的なイメージの一つは、ピカッと光る稲妻である。魔法のように、その稲妻は美しい古いかしの木から目もくらむような「炎の流れ」となって現れ、木を直撃し、倒してしまう。稲妻はたぶん、ある期間ストレスとフラストレーションが続いた後で、著者の想像力に衝撃を与えた無意識の世界から襲ってくる、暴力を表す潜在的なイメージである。（怪物の誕生を語る『フランケンシュタイン』がとても若く、未婚のまま妊娠している女性によって書かれたこと、その女性は恋人との間にすでに二人の赤ん坊を生み、一人だけが生き残ったこと、これらのことが単なる偶然であったはずがない）。一八一六年六月のこの白昼夢の後で、メアリ・シェリーは主題を得た――実際は、白昼夢に「取りつかれた」ことについて語ったのだった。そのように見事なまでに具現化された怪物のヴィジョンは、とても不気味な力で我々にも訴えてくるので、そのヴィジョンの起源がきわめて個人的な経験によるものだとは信じがたいのである。また、集合的神話から進化したものでもない。『フランケンシュタイン、あるいは現代のプロメテウス』は一八一八年に出版され、たちまち賞賛された。だが年月とともに、小説自体は芸術作品としては衰退し、一方、フランケンシュタインが作った怪物は間違って単にフランケンシュタインとして知られ、こちらのほうが圧倒的な人気を得た。悪夢のようなヴィジョンは、始まったときと同じように、奇妙な非人格性をもって終わった。

ほとんど強迫観念のレベルにまで気持ちを高ぶらせ、なぜ言語によって経験を証明する必要があるのだろうか。刻々と過ぎていく時間をなぜ精密に記録し、保存する必要があるのだろうか。「全ての詩は立場を示すものである」とナボコフは自伝『記憶よ、語れ』の中で述べている。「太古からの衝動をもった意識に抱かれて、宇宙に関する自分の立場を表現しようと努める。意識の腕が伸び、手探りで探す。だからその腕は長ければ長いほどよい。アポロ神に生まれたときから備わっていたのは、翼ではなく触手である。」例えば、ボズウェル、プルースト、ヴァージニア・ウルフ、フローベール、そしてジェイムズ・ジョイスはもちろんのこと、多くの作家にとってと同様に、ナボコフにとっても、経験それ自体は、言語によって書き換えられるまで真正のものではない。作家は書くことによって、（今までの人生で重要な）自己を是認する。作家は自分自身を創り出し、時々自分自身を想像する――ウォルター・ホイットマンがウォルト・ホイットマンに、デイヴィッド・ヘンリー・ソローがヘンリー・デイヴィッド・ソローに自分の名前を変えたことを思い出してほしいのだが、作家は作品の中で架空の人物の名前をつけるように、自分自身の名前を変えたりする。すると、書きたい衝動は、少なくとも若い作者の野心の中では、神聖な義務感のレベルにまで高められることもある。ジェイムズ・ジョイスは弟のスタニスロースへの手紙の中で「ミサの神秘と、私がしようと努力していること……つまり、人々の心的、道徳的、精神的な向上のために、日々の生活の糧をそれ自身永続的で芸術的な生活をもつ何かに転換することによって、人々に知的もしくは精神的喜びのようなものを与えようとしていることの間には、ある種相通じるものがある」と言っている。（ダブリン市民がジョイスの『ダブリン市民』の発売を禁止し、事実上、生涯彼をヨーロッパに国外追放したのは、ダブリン市民の「心的、道徳的、精神的な」保護のせいであったと、ついでながらここで書き記したくなる）。

ヴァージニア・ウルフほど、多くの日記集や、日記ほど大事ではないが書簡の中でも、作家の生活の複雑さについて非常に入念に分析した人は他にいない。例えば、アイディアがゆっくり意識の中に進化していくこと、初めの頃の不可解な点の全てを書き写すことの難しさ、書くという行為の勝利感、無意識に身を任せる必要性（ウルフは無意識を「潜在意識」と呼び、それを「彼女」と想像している）、音、拍子、リズムとして見た言語の楽しさ。ウルフはこれらの事柄を理解しようと努めていたので、とても几帳面に書き記している。一九二八年九月八日のヴィタ・サックヴィル＝ウェストにあてた手紙の中で、ウルフは述べている。

小説を書き始めるにあたって主要なことは、書くことができると感じるのではなく、言葉では渡ることができない湾のはるか向こう側にそれは存在していると感じることだと私は信じている。息もできないほど苦悶してやっと切り抜けられると信じている。今ある記事を書こうと座っていると、確かに一時間くらいもあれば、その考えを追求するための言葉の網を私は持っている。しかし、小説は……よいものであるためには、書く前には書けそうにない何か、ただ見えるだけの何かのようであるべきである。その結果、作家は九ヶ月間絶望の中で生きて、自分が意図したことを忘れてしまったときやっと、その本はまあまあのものに思える。

文体についてはこう述べている。

文体はとても単純なもので、文体はリズムが全てである。いったんリズムをつかむと、間違った言葉を使うはずがない……。これはとても意味深い、リズムというものは、そのうえ言葉よりはるかに深いところに行く。ある光景、ある感情が、心の中に波を生み出し、しばらくすると、波が光景や感情にぴったり合う言葉を作る。そして書いているときは……作家はこのことを思い出し、（言葉とは明らかに何の関係もない）この作業に取り組まなければならない。すると波が心の中でとぎれたり乱れたりするうちに、波がぴったりの言葉を作り出す。

若き日のアーネスト・ヘミングウェイが、のちに彼の最初の本となる『われらの時代に』がどのような作品になるのかを模索しながら、毎朝パリのカフェで書いているのが思い浮かぶ。最初は極度にのろく、はかどらなかったが、やっと「本物の一文」——通常は簡潔で宣誓的な文——が決まり、先に書いたものを捨て、短編を書き始めることができた。またウィリアム・フォークナーの最も偉大な小説『響きと怒り』の構成のことが思い浮かぶ。この作品は面倒なことになりそうな説明しがたいイメージ——泥まみれのズロースをはいた、どこの子か分からない小さな女の子が窓の外で木によじ登っている光景——で始まり、ゆっくりと長い物語に広がり、その長い物語はそれを敷衍するための別の物語や区分を要求し、それが今度は別の物語や区分を要求し、それはまたしても別の物語や区分を要求し、ついにフォークナーは小説を四区分で構成し、一九二九年に『響きと怒り』として出版した。マルコム・カウリーが『ポータブル・フォークナー』を編集して二十年後にやっと、フォークナーは付録を加え、それは今ではいつも小説の不可欠な部分として出版されている。

「私は自分が全く把握できていない小説を書いている……。一四六ページのところなのだが、何についてのものなのかさっぱり分からない。気に入らない。フリーダはとてもいいと言う。だが、あまりよく知らない外国語で書いている小説みたいだ――何についてのものなのか分かりかねる。」一九一三年の手紙の中で、D・H・ロレンスは執筆中の『姉妹』についてこう書いている。初めのうち「未発酵状態」にあった小説を、若き作者はとてもあいまいで、未形成のものに感じたので、この小説を粗製乱造の類のものにしてしまうつもりだった。だがこの小説は最終的に『恋する女たち』になるのである。書き出し部分を何回もつまずいた後でやっと、女性主人公に何らかの背景を持たさなければならないと気がついた。この背景を入れることで、ブラングウェン家の三世代についての新しい別の小説の萌芽が生まれ、急速に展開していく。産業革命前から一九一三年頃までの英国イングランド中部地方の社会史の背景がそれである。結局、『姉妹』の女性主人公のための「背景」が『虹』となり、『虹』は一九一五年に出版された。（『恋する女たち』は一九二〇年に出版された。二つの小説の構成、文体、語りの声、調子は徹底して異なっている）。

数年内でロレンスが二十世紀の偉大な小説のうちの二作品『虹』と『恋する女たち』の出版を果たせたのは、彼の創作方法の結果として捉えるべきか、あるいは創作方法への挑戦として捉えるべきか。ロレンスは作家の中で最も直観的な作家である。だが、『虹』の場合がそうだったと主張しているように、彼はおびただしい枚数の草稿を書くことも、書き上げたのが一〇〇〇ページであろうが破棄することもいとわなかった。自分自身を深く信じていたので、自分の声や人物が導くところへ従って行くという実験をするためのエネルギーがおのずと沸いてきた。気質的に見て、ロレンスはジェイムズ・ジョイスとは正反対であり、ジェイムズは象徴的で原型的なレベルにまで作品を高める意味で、純粋に知的な体系を自分の作品に課した。ロレンスは一九一九年の手紙の中で「ある人物たちのせりふを追って、［私の］小説の展開を探ってはいけない」と言っている。「わずかに砂をのせたきれいな盆の上でバイオリンの弓を引いても、砂には線が分からないように、人物はある別のリズムをもった人物になる」と言っている。

砂には線が分からない。創作の構想が抱える、まさにその不正確さを示唆するのにこれ以上美しく、ぴったりしたイメージがあるだろうか。内面の力と外面の力の結合——我々作家はこれを理解しようと努めるが、かなわず、最後はただ具現できさえすればいいと願わずにはおれない。

作家として読む――職人としての芸術家

I

だが唯一わくわくする生活は、想像の生活である。

――ヴァージニア・ウルフ『ある作家の日記』一九二八年四月二十一日

もちろん、創作は一つの芸術である。芸術は人間の想像の奥深いところから湧き起こり、つまるところは一目で分かるように、それは特異で、神秘的で、安易な解釈を超えたもののようである。恍惚として霊感をつかんだあの孤高の最高詩人エミリ・ディキンソンが思い浮かぶ。「燃える魂を見たことがありますか」とはディキンソンの言葉である。また、最初の短編「判決」と苦闘していた若き日のフランツ・カフカが思い浮かぶ。彼は「頭の中にあるすさまじい世界」を散文に変え、できるならば「自分を引き裂く」ことなくと願いながら、その重圧を解き放つために夜通し取り組んだ。たぶん前者の二人に対するほどは絶対的な賞賛は払えないが、若き日のジャック・ケルアックのことを思い出す。彼は回想録作家的な小説を書いたというより、アルコールと興奮剤のベンゼドリンに煽られ、そして彼が言うところの「自発的な散文」を創り出したいという躁的な想いに駆られ、真っ向から突き進み、夜通しタイプを打ち続けずにはおれなかった。一夜にして彼を有名にも悪名高くもした『路上』は、一本が桁外れにも一五〇フィートもある、一枚ひと続きの和紙の上に、手動タイプライターで打たれたものだった。傑作『白鯨』を書いているときに、同じように感極まるインスピレーションに打たれたハーマン・メルヴィルを思い出す。さらに、「盲目の人」「馬仲買の娘」「木馬の勝者」そして『逃げた雄鶏』のような名作に見られる、D・H・ロレンスの流れるような、見た目にはさりげない話術を思い出す。プライベートで自由な感情のほとばしりなくして、創造はあり得ない。だがインスピレーションと活力と、さらには天分があっても、「芸術」を作るには十分ということはめったにない。散文小説も一つの技能であり、技能は、偶然であろうが意図的であろうが、習得しなければならないからである。

さてここで全く別の真実に到達する。読者や批評家の目には際立って独創的に思われる作家でさえ、多分に、彼らの散文の文体や「散文の理想像」の基礎は重要な先達から得ているという事実である。もう若くはなく、いまだ未出版だった詩人ロバート・フロストが、苦労して注意を払いながら、トマス・ハーディの詩を勉強したことを考えてみてほしい。ハーディの洞察の孤高さとまではいかないまでも、その言葉のリズムはフロストの魂の中までしみ込み、ハーディのリズムと区別がつかないレベルに達するまで研究し尽くされた。驚くべきことにその結果、フロストも含めて誰も予想しなかったことだが、彼はある日、先達と同じくらい偉大な詩人になり、アメリカではるかに広く読まれるようになった。若きフラナリー・オコナーが、『賢い血』のタイトルが付くことになる最初の中編小説を起草し、ソフォクレスの『オイディプス王』とナサニエル・ウェストの『孤独な娘』に出会ったことを考えてみてほしい。両作品とも深遠で永続的な印象を彼女に残した。自らを盲目にするというオイディプスの悲劇的な荘厳さゆえにソフォクレスに感銘したオコナーは、『賢い血』の中でこれを再現した。オコナーはまた、ウェストの鋭い文体と非情な風刺の天分に感銘を受けた。だから、自分の信念を否定してキリストを狂信する者としてのウェストの若い男性のミス・ロンリーハートは、オコナーの若きキリスト狂信者ヘイゼル・モーツにとてもよく似ている。オコナーがナサニエル・ウェストに負う所は、彼女の小説全般に及んでいて、「高く昇って一点へ」のような円熟した作品でも、鋭く啓示的でありながら、滑稽なウェスト流の言い回しを留めている。喜劇的なトーンが物語の結論部の数段落で、唐突に凶暴なものに変化するのがその例である。

溌剌としていた若き日のハーマン・メルヴィルが、同時代作家のナサニエル・ホーソンの寓意的物語集『旧牧師館の苔』にとても感動し、『白鯨』の計画を改訂したことを考えてみてほしい。喜劇的でピカレスク風の調子をはるかに重々しく、高尚で悲劇的な調子に移し変えたその変遷から、十九世紀だけでなく、おそらく二十世紀においても最も力強いアメリカ小説が創り出された。二十代半ばの若き作家ウィリアム・フォークナーは声、視点、構想を捜し求め、アルジャノン・スウィンバーンやオルダス・ハクスリー、さらには同時代のアーネスト・ヘミングウェイといった全く異なるモデルを取り上げては捨て、やがてギュスターヴ・フローベールの『ボヴァリー夫人』やジョセフ・コンラッドの『ナーシサス号の黒人』はもちろん、より気質的に近いジェイムズ・ジョイスを発見するに至ったことを考えてみてほしい。意識的に入念に作られたこの二つの傑作は、その後フォークナーに計り知れない影響を及ぼすことになる。フォークナー独特の詩的散文は、今度は、ガブリエル・ガルシア・マルケスやコーマック・マッカーシーといった様々な作家たちに計り知れない影響を及ぼすことにもなる。また、アーネスト・ヘミングウェイは、そのミニマリストの表現と非情なほど感情を排したものの見方によってアメリカの散文を変質させたという点で一般的には評価されているが、マーク・トウェインやシャーウッド・アンダソンのような優れた先駆者によって多大な影響を受けている。とりわけ、彼らが『ハックルベリイ・フィンの冒険』や『オハイオ州ワインズバーグ』のような傑作の中でアメリカ英語の方言を磨かなかったなら、有名なヘミングウェイの文体はもしかしたら発展を見なかったかもしれない。

時々、独自の輝かしい文体をもつ作家が他の作家によって影響を受けたことを否定したり、自覚していなかったりすることがあるが、ヴァージニア・ウルフが一九三五年四月二十日の彼女の日記に記しているのがそれである。

私の頭は分析を本能的にさせないのだろうか。分析は創造性を損なうからだろうか。これには一理あると思う。もし自分自身が同じことをしているなら、生きている［作家の］作品を受け入れることは、あまりに下品で不公平である。

ここにヴァージニア・ウルフがジェイムズ・ジョイスの『ユリシーズ』の非凡さを熟考している文章がある。ウルフはこの作品を驚くべき天才の作品としてだけでなく、散文小説の概念そのものを元に戻せないほど変えてしまう作品として認めないわけにはいかなかったのだろう。

私は『ユリシーズ』を読んでいて、賛成か反対か、わたしの申し立てをすべきなのだ。今のところ二〇〇ページ読んだ——三分の一にも達していない。最初の二、三章までは楽しみ、刺激され、魅了され、興味をそそられた……そのあとは、内気な大学生がにきびをつぶしているような感じで、戸惑い、うんざりし、いらいらし、幻滅した。ましてや、トム〔T・S・エリオット〕がこの作品を『戦争と平和』と同等のものと考えているとは！私には無教養で、雑種めいた本のように思われる。独学の労働者による本だ。彼らがどれほど悲惨で、どれほど自己中心的で、自己主張が強く、粗野で、人の目に付き、つまりは嫌悪を感じさせる存在であるか、私たちはみんな知っている。

（『ある作家の日記』一九二二年八月十六日）

ウルフの抗議は、階級意識の俗物性をさらけ出すまでに低落しているが、『ユリシーズ』のみなぎる力と創意の才能に対して、単純にねたみというよりはほとんど羨望から発しているのは確かなことである。ウルフは自分自身の才能を超える文学の天才に出くわしたことを察知している。イギリス文学を変貌させようという彼女の野心がどれほど壮大であろうが、彼女自身の文体はジョイスの文体と比べると、なんと貧血気味で、「印象派的」であるかを記さざるを得なかったのだろう。だが、『燈台へ』『波』、とりわけ『幕間』においてウルフは、十九世紀の「人物」の概念とは対照的に、まるで音楽のように心の耳に届き、移ろいやすい心の状態を伝えるのに省略法を用いて、革命的なジョイス流の言語に明らかに影響を受けることになるのである。

しばしば、「影響」とは即座に認識できるものではなく、作家の言葉使いよりむしろもっと人物の面において、若い作家の感受性をあふれさせることだと言えるかもしれない。アントン・チェーホフとレフ・トルストイは芸術家として、予見者として、これ以上異なる二人はいないだろうが、チェーホフは他のどの作家も崇拝しなかったが、トルストイだけは崇拝した。

私はトルストイの病気におびえ、ずっと気持ちが張りつめている。私はトルストイの死を恐れる。もし彼が死ぬようなことがあれば、私の人生に大きな空洞が生まれるだろう。第一に、私はトルストイを愛する以上に他の人間を愛したことは一度もない。私は不信心者であるが、全ての信仰の中で彼の信仰が私に一番近く、私に一番合っている。第二に、トルストイが文学の一翼であるなら、作家であることは安楽で心地よい。自分たちがまだ何も達成していないし、これから先も決して達成しないだろうと分かっても、それほど嘆かわしいことではない。なぜならトルストイが我々全員を埋め合わせてくれているから。彼の活動は、文学に負わされている全ての希望と期待に応えている……

（一九〇〇年一月二十八日、M・O・メンシコフにあてた手紙）

だがチェーホフは続けてこの手紙の中で、出版されたばかりの『復活』を「あまりに神学的」とそつなくトルストイを批判している。

同じように、フラナリー・オコナーの小説には、ジェイムズならいつもほのかに光っている感性はほとんど片鱗も感じられないのに、彼女は絶大な尊敬と注目を払ってヘンリー・ジェイムズを読んだと語っている。ラルフ・エリスンはアーネスト・ヘミングウェイとガートルード・スタインを綿密に研究したが、文章の職人としてウィリアム・フォークナーからはるかに多くを学んだことだろう。叙情的な寓話作家ユードラ・ウェルティは、最高の写実主義者であるアントン・チェーホフを賞賛した。ヘンリー・デイヴィッド・ソローは、自然界の豊かな細部を観察する視覚的芸術家の目と、その諸相を伝えるための正確な散文の文体を持ち合わせていたが、神話作家のホメロスや、テキストの中で最も不特定で、哲学的、非自然主義的なヴェーダの中の『ウパニシャッド』のような宗教的で神秘的な作品を愛した。リチャード・ライトは『アメリカの息子』を書きながら、彼自身はドストエフスキーの『罪と罰』に影響を受けたと信じていたかもしれないが、プロットの表面上の類似を別にすれば、アメリカの黒人のゲトーの生活や人種差別を描いたこの衝撃的な小説には、ロシア人のより深く、真に宗教的な意識はほとんどないように思われる。ヘンリー・ジェイムズがなぜオノレ・バルザックに、とりわけ十九世紀におけるバルザックの偉大な名声に魅了されたかは、ある程度理解できる。だが名文家としてのバルザックはジェイムズに全く影響を与えなかったようであるし、バルザック独特のプロットのメロドラマ性は、ジェイムズには皆無である。ジェイムズにおいては、微妙な人間関係やしばしば内面的な啓示だけがドラマを構成しているからである。（典型的なジェイムズの短編「密林の獣」で、中年の独身男性の主人公が、たいていの読者ならすぐに気づくこと、つまり、彼の人生は「何も」起こらなかった人生であるということに最後にやっと悟るときのように）。だが意外にも、『ニューイングランド物語』の作品で一番知られる、同時代のマイナーな作家セアラ・オーン・ジュエットのある短編を読んだ後、ヘンリー・ジェイムズは静かに思いをめぐらしながら、次のようにノートに書き留めている。

一八九九年二月十九日

一時間前にミス・ジュエットの魅力的な本の中の四、五行に表れている、ささやかな事柄にあるとても小さな芽に心引かれた……いとこを訪問中の女性は、(独身の紳士と)彼女の年上のいとことの間の古風な関係を最近発見した。女性は「確かに、まだ独身の年上のいとこを理想としていた。好きであることを心にしまい、めったに言葉に出さない彼女の態度は、おしゃべりしてはすぐにきわめて親密な関係になり、そして同じくらいたやすく忘れることができるような人々に慣れてしまっている彼女には、とても魅力的に感じられた。」これだけである。しかし、読んでいるとき、小さな——とてもささやかな——主題が私の頭をかすめた。次のようなものである。私は青年を想定する——青年でなければならない。彼は初めていとこに会いに行き、(独身の紳士と)いとことの古風な関係を発見する……。

続く濃密で強烈な段落の中で、ジェイムズはある短編のあらすじをすばやく素描している(これは「フリッカー・ブリッジ」のタイトルで『ベター・ソート』で復刻された)。この短編はセアラ・オーン・ジュエットの「時間の調べ」を読んで得たひらめきがなければ、明らかに想像されることも、ましてや書かれることもなかっただろう。ヘンリー・ジェイムズの優れた数冊のノートは彼の伝記作家レオン・エデルとライアル・H・パワーズによって編集され、一冊の本として入手可能なので、若い作家たちに大いに推奨する。天才作家が自分専用に書いた注釈を集録したこの注目すべき本は珠玉、啓示、驚異にあふれ、ヴァージニア・ウルフの日記よりもっと執拗なくらい詳細に綴られている。

ありがたいことに、私の頭は書きたいことでいっぱいだ。作家にとって書きたいことが多すぎることは絶対にない。十分だということは絶対にない。そうだ、ただ自分を消すこと、最終的には。長い年月（とても勇敢に、と私は思うのだが）望み、待っていたものに自分を譲り渡すこと。待ち望んでいたものとは、ただ潜在的で相対的なもの、応用や生産といった具体的な行為をしているときの「量」の増加である。作家は、一言で言えば、「もっと多く」書くことができるように祈り、望み、待っている。そして今、来るべき結末に向かって、どうやらたどり着いたようだ。私が求めるのはこれだけだ。この他には全く何も求めない。私は従順にそして等しく感謝の念をもって、運命の力にひれ伏す。

（一八九五年二月十四日）

作家が先達から受けるひらめきは、我々が人生で受けるひらめきのように、ふつう偶然である。偶然に出会った人が、自分の運命には絶対になくてはならない存在になるのと同じである。我々は出会い、「恋に落ち」、変身する。（永遠にとまではいかなくても、見違えるほど変わる）。明らかに作家は若いときが一番影響を受けやすい。青春期は創造力がみなぎる激動の時期であり、輝くような夢や空想を抱く時期である。目上の人々のいろいろな実例が、目の前でぼんやり膨れ上がり、自分たちも歩むかもしれない道を案内してくれそうに思える。若い頃、すでに野心的な詩人で、完璧主義者であったシルヴィア・プラスは、サラ・ティーズデールのような当時人気のあった詩人たちの詩をタイプで打ちながら「こんな風に書くことができればどんなにいいだろう」と日記（一九四六年）の中で嘆いている。二十代のとき、プラスは売れる短編作家になろうと固く決心し、アイルランド人のフランク・オコナーの短編を冷静に詳細に調べた。「彼の教えを利用していると自分が感じられるまで、私は真似よう」（テッド・ヒューズ著「序論」、シルヴィア・プラス著『ジョニー・パニックと夢の聖書』（一九七九）からの引用）。プラスは ウォレス・スティーヴンズやジェームズ・サーバーといった異なる他の作家からも学んだ。彼女は、『セヴンティーン』誌、『ニューヨーカー』誌、『レディーズ・ホーム・

ジャーナル』誌に掲載された短編を分析した。彼女の日記は自戒と激励口調で息切れしている。

まず市場を入念に選ぶこと。『レディーズ・ホーム・ジャーナル』誌か『ディスカヴァリー』誌。『セヴンティーン』誌か『マドモワゼル』誌。次にトピックスをじっくり選ぶこと。それから考えること。

それを『サタデー・イヴニング・ポスト』誌に送ること。トップから始めること。『マッコール』誌、『レディーズ・ホーム・ジャーナル』誌、『グッド・ハウスキーピング』誌から当たってみること……ふさぎこむ前に。

詩では『ニューヨーカー』誌を、短編では『レディーズ・ホーム・ジャーナル』誌をねらいたい。だから『セヴンティーン』誌のときのように、雑誌のことも勉強しなければいけない。

これらの豪華雑誌に出るまで、へとへとになるまで頑張ろう。

（ジャクリン・ローズ著『シルヴィア・プラスの呪縛』からの引用。一七〇頁）

これほど執拗ではないが、同じくらい率直な回想録『自意識』の中で、ジョン・アップダイクは田舎で育った子供時代について語っている。その頃は、彼は「書くことではなく、活字、その直線や文字のひげ飾り、工業用艶出しとその見事さに夢中だった。」エリオットの「荒地」、フォークナーの『尼僧のための鎮魂歌』、ジェイムズ・ジョイス、マルセル・プルースト、そしてヘンリー・グリーンの散文といったいろいろな種類の作品にその頃感動したとも語っている。（もっとのちに出会ったウラジーミル・ナボコフに加えて、やはりジョイス、プルースト、そしてグリーンの面影はアップダイクのモザイクのような文体にほのかに光っている）。さらに、アップダイクの最も人気のある短編で、よく選集に入っている非常に魅力的な「A&P」において、階級と性的魅力というきわめてアップダイク的なテーマに合致しているのは、マーク・トウェイン、シャーウッド・アンダソン（「そのわけが知りたい」）、J・D・サリンジャー（『ライ麦畑でつかまえて』）といった先駆者たちが築いたアメリカの自国語の声である。

十代からすでに野心的だったもう一人の若き作家ジョン・ガードナーは、他の言語による散文のリズムを「感じる」ために模範的な小説をいくつもタイプで打ったと語っている。ガードナーはとりわけトルストイを賞賛し、トルストイの道徳的、教訓的な口調がガードナーの小説には反映されている。D・H・ロレンスは『アメリカ古典文学研究』の中で、彼が賞賛する作品（ポーの「ライジーア」と「アッシャー家の崩壊」、ホーソンの『緋文字』、メルヴィルの『白鯨』）の数節を、ある種共著者のように非常に綿密に論評することで、それらの散文を多分に再生している。この批評は異常なほど共感的で、不気味なほど親密な批評であり、ロレンスは、ホーソンのヘスター・プリンのような虚構の人物を単に言語による構成物ではなく、まるでどうかすると「実在する」人物であるかのように、熱っぽく論じている。

もし男が自分自身と自分の神を心から信じていないのなら、もし男が自分自身の精霊に猛然と従わないのなら、彼の女は男を破滅させるだろう。女は猜疑する男に復讐する女神である。女にはどうすることもできないのだ。

それからヘスターの場合も、ライジーアに続いて、女は男にとって復讐の女神となる。女は外側から男を支えながら、内側から男を破滅させる。そして男は、ディムズデイルがそうであったように、女を憎みながら死んでいく……。

男にとって、女は得たいが知れず、むしろ恐ろしい現象である。女の意識下にある魂が男との創造的な結合から後退するとき、それは破壊力となる。それは……目に見えない破壊的な影響を及ぼす。［ライジーアのように］女は、男の中にあるくじける精神を無言のうちに破壊する波を送っている……。女はそのことを知らない。女にもどうすることもできない。だが女は破壊する波を送る。女の中には悪魔が宿っている……。
女はとても従順に、とてもおとなしくふるまいながら、全くの悪意と毒をもって、自分の性を使うことができる。

（「ナサニエル・ホーソンと『緋文字』」）

この批評と同じくらいに情熱的なロレンスの小説を読んでいる読者は、これらの文章の中に彼の語りの声を聞き取るだろう。テキストの「分析」には、作家の自己証明と感情移入が極端にまで現れている。ロレンスからすれば、道徳家にとって芸術とはひとえに審美的なものでも自己を表現するものでもなく、ましてや人々を楽しませるものでもなく、なにより真実の入った容器であると信じていた、と思えたのである。

芸術の言葉だけが唯一の真実である。芸術家は通常ひどい嘘つきであるが、彼の芸術は、もしそれが芸術の名に値するものであるなら、彼の時代の真実を語るだろう。大事なのはそれだけである。永遠の真実など追い払え。真実は日ごと変化して生きているのだから……。

芸術家は通常仕事にとりかかるとき、道徳を想定し、それから物語を飾る――かつてはそれが通例であった。しかしながら、その物語は、概して、逆の方向に向かっていく。明らかに対立する道徳が二つあるのである。すなわち、芸術家が意図する道徳と物語が指向する道徳である。決して芸術家の言うことを信じてはいけない。物語を信じよ。批評家のあるべき役割は、物語を創造した芸術家からその物語を救うことである。

（序論「土地の霊」）

一九一七から一九一八年にかけて『アメリカ古典文学研究』を執筆しながら、彼の最も複雑で野心的な小説『恋する女たち』の創作に取り組んでいた当時もそうであったように、現代においてもなおD・H・ロレンスは非妥協的とみなされ、論争の対象になる作家である。

若いとき、熱心に折衷的に幅広く読んでいたF・スコット・フィッツジェラルドは、ジャック・ケルアックよりもっと若い、若干二十四歳で『楽園のこちら側』（一九二〇）を出版し、有名にも悪名高くもなったが、以下の作家にいろいろな面で影響を受けた。ジョセフ・コンラッド、セオドア・ドライサー、T・S・エリオット、ジェイムズ・ジョイス、アンドレ・マルロー、アーネスト・ヘミングウェイ、ブース・ターキントン、トマス・ウルフ、そしてギルバートとサリバンたちである。フィッジェラルドがヴァッサー・カレッジの一年生だった娘のスコッティにあてた手紙で特に、ダニエル・デフォーの『モル・フランダーズ』、ディケンズの『荒涼館』、ドストエフスキーの『カラマーゾフの兄弟』、ヘンリー・ジェイムズの『デイジー・ミラー』、ジョセフ・コンラッドの『ロード・ジム』、そしてドライサーの『シスター・キャリー』を読むよう進言した。これらはフィッジェラルドができれば競いたいと思っていた文学的、文化的に卓越した作品である。

過去数十年間で一番模倣された短編作家の一人であるレイモンド・カーヴァーは形式面でチェーホフ、アイザック・バーベリ、フランク・オコナー、V・S・プリチェット、アーネスト・ヘミングウェイといった先駆者に負っていることを認めている。『ファイアズ（炎）――エッセイ、詩、短編』の序論で、彼は「……すると突然、全てが彼には明らかになった」というチェーホフらしき短編からとった文章の断片を机の横の壁にずっと貼り付けていると述べている。カーヴァーは、賞賛する作家としてロレンス・ダレルとヘンリー・ミラーの名前を挙げているが、彼の散文体には二人の明瞭な影響は見てとれない。また、彼の文章を読んですぐにチェーホフの影響と分かるようなものもないが、一方で、ドラマチックな会話を強調し、余分な部分をそぎとったカーヴァーのミニマリストの散文の中には、明らかにヘミングウェイへの共鳴が感じられる。だがチェーホフからの精神的な影響は、優しく喜劇的で逸話めいた「大聖堂」のような後年の作品にあふれている。「大聖堂」では、目の見える男が盲人との一体感から生じる「それは生まれてこのかた味わったことのない気持ちだった」というかすかなエピファニーが描かれている。（D・H・ロレンスの同じように優しく情熱的な短編「盲目の人」との類似は、ここでも明白である）。カーヴァーの最後に出版された短編「使い走り」はカーヴァーの経歴の中で最も異様な作品であるが、実際にチェーホフの最後の日々と死、彼の死後の出来事について書かれたもので、ほとんどがチェーホフの伝記から書き写されている。しかし、それはカーヴァー独特の会話体風ではなく、緊迫感のある詩的に精選された文体で語られている。五十歳という若さで（肺がんで）死ぬ自分自身の死に近づきながら、レイモンド・カーヴァーはまるで彼の憧れの人であるチェーホフが（結核で）四十四歳で早死にした死を描くこの物語のために、新たな声を創り出したかのようであった。フランクリン・ライブラリーの限定版『ぼくが電話をかけている場所』の序文で、短編小説における作家の手腕について定義しているように、カーヴァーの短編小説における手腕は「大聖堂」「ささやかだけれど、役に立つこと」「羽根」そして「使い走り」のような力強い短編で頂点に達している。カーヴァーの言う短編小説における作家の手腕とは、「私の人生には他にはゆるやかというものはほとんどなかったが、川の流れのようにゆるやか」であろうと努力することである。

ネルソン・オルグレンに敬意を表した小説家で映画製作者でもあるジョン・セイルズは「作家から影響を受けるということは、必ずしもその人のように書くということではなく、彼らの存在や、彼らの描いた人物が存在しているという事実、その人物の精神が自分の心に可能性を開花させてくれることである」と述べている。ネルソン・オルグレンはまた、その個性の強さゆえにラッセル・バンクスにも多大な影響を与えた。シンシア・オジックはヘンリー・ジェイムズに早くからほとんど運命的といえるほど魅了され、打ちのめされた。気まぐれに見えるくらい独創的な名文家であるオジックは、次のような異なる先輩から、いわゆる道徳的ないしは精神的な影響を受けたことを認めている。アントニー・トロロープとアイザック・バーベリ、イーディス・ウォートンとヴァージニア・ウルフ、アイザック・バシェヴィス・シンガーとソール・ベロー、ブルーノ・シュルツとプリーモ・レーヴィ、そして今ではほとんど忘れられた彼女の同時代作家アルフレッド・チェスターたちである。青春期にマクシーン・クミンはW・H・オーデンに、ニコラス・クリストファーはドストエフスキーとジョン・ダンに心奪われた。思いもよらないような、もしくは、たぶん分かりづらいモデルが模範となるのかもしれない。例えば、モーリーン・ハウァドは、彼女の小説とは根本的に異なるウィラ・キャザーに賛辞を送っている。実験的小説家ブラッドフォード・モローは小説を全く書かなかったラルフ・ウォルド・エマソンに賛辞を送っている。実験小説家でミニマリストのブラックマウンテン派の詩人ロバード・クリーリーは、人気を博した「ミニヴァー・チーヴィ」「リチャード・コーリ」「フラッド氏のパーティ」の著者であるニューイングランドの詩人エドウィン・アーリントン・ロビンソンに賛辞を送っている。

もっと納得のいくところでは、世界レベルではないにしても、アメリカではベストセラー作家の一人であるスティーブン・キングは、ゴシックホラーと「不気味な」小説部門の先駆者であるH・P・ラヴクラフトに直接負っていることを認めている。ラヴクラフトはたった一冊のハードカバーの短編集を見ることもなく、低俗雑誌で出版しただけという絶望的な経歴の果てに、ほとんど無一文で死んだ。ポストモダニストでゴシック作家のジョアナ・スコットはポーを重要な先駆者として認めている。もう一人のポストモダニストのポール・ウェストは、フォークナーの幻惑的なまでに絢爛とした散文体の「音響と激しさ」に負うことを認めている。リック・ムーディはジョン・チーヴァーの郊外の環境と「不正」を、モナ・シンプソンはヘンリー・ジェイムズの孤独なヒロイズムを、クインシー・トループはラルフ・エリスンの独創性と「驚嘆すべきアメリカの言語」を重要な先駆者として認めている。レイモンド・チャンドラーとジャンルを同じにする少数派の文芸作家の一人であるペーター・ストラウブは、敬意の念をこめて、レイモンド・チャンドラーとの類似性を認めている。チャンドラーは「ハードボイルドミステリー・探偵小説」と呼ばれるジャンルの開拓者であり、ストラウブは「ゴシックホラー」の実験者である。(これら多数およびその他の謝辞については、『賛辞――アメリカ作家がアメリカ作家に贈る』『コンジャンクションズ』二九を参照)。実際これらの賛辞は全て、若い作家が思春期に読んだ印象に由来している。

この概説から引き出せる道徳や一般的な提言はあるのだろうか。もしあるなら、それは単純なものである。幅広く読みなさい。熱心に読みなさい。意図的ではなく、本能に導かれなさい。もし読んでも、作家になる必要はないけれども、作家になりたいと願うなら、読まなければならないからである。

Ⅱ　真の芸術の使命とは、立ち止まり、もう一度事物をよく見ることである。
――オスカー・ワイルド

小説の書き手にとって、小説を読むことは劇的な経験である。しばしば、緊張し、腹が立ち、戸惑い、予想もつかない。なぜこのタイトルなのか。なぜこの場面で、この段落で、この文章で小説は始まるのか。なぜ特にこの言葉でなければならないのか。なぜこのペースなのか。なぜこんなに詳細なのか、あるいは詳細でないのか。この長さで、この結末――なぜなのか。同業の作家として単なる言葉を読んでいるのではなく、それは「創作物」と分かっているから、なぜと問いかけるのである。別の作家の努力の末の結果、つまり、想像面と編集面の決定の総合を今読んでいるのであり、それは複雑だっただろうと作家には分かっている。たぶん、作家ではない普通の読者なら知りたくないだろうけれども、神聖な霊感という空想的な概念にもかかわらず、どんな物語も物語自らが書くことはないと作家は知っている。どんな独創的なインスピレーションがあったにせよ、目の前にある作品がチェーホフの「犬を連れた婦人」やアーネスト・ヘミングウェイの「白い象のような山並み」のような名作であれ、シンシア・オジックの「ショールの女」やアンドレ・デビュースの「父の話」のようなアメリカ現代作家の作品であれ、それは意識的に、ある場合は苦しみぬいて「書かれた」ものである。その作品は個人の私的な想像から開放され、掘り起こされて、公共の場に出され、印刷されてページに載る。その時点で、作家にとっての内面の秘密の感情や連想は何の意味も持たない。作家から独立した創作品であり、ある意味では言葉を運ぶ小さな乗り物であり、時を経ても人を感動させるが、中には感動させることができないものもある。この物語はなぜ書かれたのだろう。この物語は、まず書いた努力、次に読者が参加するに見合うだけの価値があるだろうか。それは独創的だろうか。説得力があるだろうか。言葉は適切だろうか。読む前より読んだ後で、わずかでも違った人間になっているだろうか。私は人にこの本を読むことを薦めるだろうか。もう一度読み返し、その著者の他の作品も読みたいだろうか。とりわけ、作家としてこの作品から何かを学んだだろうか。

ヘンリー・ジェイムズは、芸術家とは、理想的には、何も理解されない人と言っている。この説は、自分の想像上の世界に「本当の」人物を住まわせなければならない散文小説家にとって、とりわけ正しい説である。さらに、人物がいる世界も「本当である」という幻影を出さなければならない。作家であることの本分とは、太陽の姿が見えないどんよりした日にさす光のように、知的、道徳的、精神的、感情的に作品全体を輝かせることであり、その結果、全てのものを平等に照らし出すことである。だが、写真家がカメラのレンズを通すと、より鋭く「見る」ことができるように、作家は創作の修練を積むことで自分の人物を変え、自分の魂を深め、きっとさらに円熟し、もっと敏感になり、観察眼を養うことができる。そのような変化をもたらすことができる方法の一つは、技能としての創作術に取り組むことである。アニー・ディラードの『書く生活』の中に出てくる、作家と作家志望の学生とのやりとりがこの点を明察している。

ある有名な作家が一人の大学生に呼び止められた。その学生は「私は作家になれるでしょうか」とたずねた。

「そうだね」と作家は言った。「分からないな……君は文章が好きかな」

作家は学生の顔に驚きを見て取った。文章ですって？　私が文章を好きかですって？

私は二十歳ですよ、文章を好きかですって？　もし彼が本当に文章を好きだったら、私の知っている楽しげな画家のように、当然書き始めることができるだろうに。私はその知人にどうして画家になったのかたずねたことがあった。「私は絵の具のにおいが好きだったのです」と彼は言った。

「犬を連れた婦人」——チェーホフ芸術の傑作

……どんな人も、夜のとばりにおおわれるように、秘密のとばりにおおわれて、その人の本当の生活、一番面白い生活がいとなまれていた。

——アントン・チェーホフ「犬を連れた婦人」

文学の才能に関しては絶頂期にあったが、瞑想にふける憂うつな人生の局面にいた一八九九年、チェーホフが三十九歳のときに書いた、彼の短編の中で最も有名なこの作品は、作者自身の「秘密」と「夜のとばり」の記憶に駆り立てられたとしても、不思議ではない。姦通の愛の情熱から強くあふれ出ている、微妙に哀愁を帯びた口調は、じわじわと衰えつつある自分の健康にチェーホフがうつうつとした結果生まれたのは、確かである。（結核で徐々に死に近づいていて、彼はその後四年しか生きなかった）。洗練されてはいるが冷笑的なグーロフは、男たちと一緒にいるときは「冷たく打ち解けず」疎外感を感じるが、女たちといると生き生きとしてくる、そのような男としての自分自身に不満を抱いているアントン・チェーホフの巧みで、とらえ所のない自画像である。早年にして老けこんでいるグーロフは、年が半分にしかならない、田舎くさく、教養と経験に乏しいアンナ・セルゲーエヴナと一緒にいると、情熱的で生き生きしてくる。

なぜ彼女はこれほどグーロフを愛しているのだろう。グーロフは女たちの目にはいつも、本当のグーロフとは違ったふうに映り、女たちはグーロフそのものではなく、女たちの想像が生み出した男、女たちが生涯熱烈に探し求めた男を愛したのだった。そして自分たちの間違いに気づいたあとも、やはり同じように彼を愛したのだった。そしてグーロフと結ばれて幸福だった女はだれ一人いなかったのである……。そして頭が白くなり始めた今、グーロフはまともに、本当に――生まれて初めて愛したのだった。

（コンスタンス・ガーネットによる翻訳。一九一七）

チェーホフの人生の伝記上のある事実を知ることは、この作品を理解するために決して必須ではないが、チェーホフがこの作品を書く際に、彼自身の人生から実際多くを取り入れているということを知っておくことは、作品を理解する上で有益である。自分自身についての矛盾する感情も含めて、自分自身の経験を理解することは、小説にとって他のどんなものにも劣らず、当然に正当な主題であるからである。

まずタイトルである。チェーホフのタイトルは直接的で、きどりがなく、めったに「詩的」ではなく、教訓的でもない。にもかかわらず、象徴的、神話的な言い方は意味深長である。（彼の最高の劇作である『三人姉妹』と『桜の園』がそうであるように、タイトルの意味は文字どおりでありながら、神話的である。すなわち三人姉妹は三つの運命、桜の園はエデンの園を暗示している）。「犬を連れた婦人」は、しばしば「愛犬を連れた婦人」と翻訳されているが、明らかに叙景的で、文字どおりである。だが、婦人／女性　／女と、「男」を並列させて皮肉を漂わせている。この場合、自分自身のことを姦婦で「低俗で悪い女」と分かっているけれども、グーロフのことを深く奔放に愛している、少女のようでいてきわめて女らしく、宗教心のあるアンナ・セルゲーエヴナと、より経験を積んではいるが疲れきっているグーロフは「犬」として、対照的に並列されている。だが、女性は犬を愛すべく、犬は女性を愛すべく運命づけられている、とチェーホフはほのめかしている。これこそ男と女のきわめてチェーホフ的な、いわば、ほろ苦く優柔不断な運命である。

若い作家が「犬を連れた婦人」に出会って読むと、あまりにも楽々と書かれているように見えるため、その技能を見逃しがちである。チェーホフは、ジェイムズ・ジョイス、マルセル・プルースト、ウラジーミル・ナボコフのような自意識の強いタイプの名文家ではないからである。彼の散文は明るく、分かりやすく、決して飾り立てない。一九〇〇年に「犬を連れた婦人」を読むやすぐに、チェーホフの親友で作家仲間のマクシム・ゴーリキィは、興奮気味にチェーホフに手紙を書いた。チェーホフはリアリズムを「圧倒している」。なぜならチェーホフの後では、「だれも君よりその道を遠くへ進むことはできない。簡単なことについて、だれも君ほど簡単に書くことができない。君の物語を読んだ後では……、他のもの全てが粗雑に見える」(アンリ・トロワイア著、『チェーホフ』から引用。二三九頁)。だからといって、名作の優雅さが簡単なものではないように、チェーホフは「簡単である」と言うのは必ずしも正しくない。最も完成された芸術とは、「芸術」をすっかり偽るものかもしれない。チェーホフの言語は直接的で、会話的でさえある。決して自意識過剰でも「詩的」でもない。彼はめったに比喩を使わないし、使うときはいつも厳密に選ばれている。例えば、グーロフが初めてアンナに恋に落ち始めたとき、彼は今までに情事を持ったほかの女たちとアンナを比較する。

とても美しく、冷たい女たち。女たちの顔に浮かぶ強欲な表情、人生が与える以上のものを強奪しようとする執拗な欲望の表情、を彼はちらっと見た……そしてグーロフが女たちに冷めてくると、女たちの美しさは彼の憎しみをかきたて、下着のレースはうろこのように見えるのだった。

このような「うろこのような」冷淡で強欲な女性たちは蛇にたとえられている。対照的に、世間知らずのアンナは昔流に言えば「罪ある女」としてイメージされている。グーロフは、アンナその人と同じくらい彼が心に描くアンナというイメージを愛している。つまり、アンナを通して、彼は自分自身の色あせてゆく若さに心引かれ、そして今よりずっと道徳的で、ずっと深遠だった「時代から取り残された」過去に郷愁を抱いている。

チェーホフの短編や劇に特有の特徴の一つは、会話的に聞こえるその口調である。この「声」はいつも知的で、時に気まぐれで、ふざけていて、皮肉っぽい。「犬を連れた婦人」でも時おりそうであるように、その声ははっきり達観的で、分析的である。我々が彼のことを知るようになる前から、グーロフの意識が物語全体に浸透している。次のオープニングの一行は明らかに、非個人的な全知の視点である。

見知らぬ人が海岸通りにやってきたそうだ。子犬を連れた婦人だそうだ。

「そうだ」は「昔々」の現代版にあたる。すぐさま読者は、実はグーロフ自身の紹介によるのだが、「ベレー帽をかぶった中背の金髪の若い婦人だった。そのあとから白いスピッツが駈けて行った」と紹介される。優雅な映画のようなシーンで始まったかと思うとすぐに、「苦い」経験をしても性懲りなく女性を愛する男グーロフの抜け目のない意識の中に、我々は引き込まれる。必要な説明を数段落述べた後で、グーロフの中産階級の出身や性格に焦点を当てながら、グーロフが慎重に親しくなっていく若い婦人との最初の劇的な場面に進んでいく。第一部は見事なまでに凝縮された、わずか三ページのものである。第二部は七ページ少々で、速やかに情事が達成できるものの、アンナの深い悔恨にグーロフは直面し、このことでグーロフが落ち着きをなくす中核となる劇的な場面が続き、そして愛する二人がもうこれで最後だと信じる別れへと進んでいく――「私は北へ帰る時分だ」とグーロフは思う。「もうその時分だ!」だが、主役たちが終わるものだと信じている姦通のラブストーリーは終わっていない。他のチェーホフの作品においてもそうだが、一見何げない行動は重大で長引く結末を招く。グーロフはアンナを愛してしまったと分かっている。彼の洗練された性格に反して、必死の思いでアンナの故郷の田舎町に出かけ、オペラの開演の夜、何の予告もなく彼女と対面する。この迫力ある場面もまた映画のようである。オペラハウスの魅惑とざわめきが、愛する二人が押し殺している烈しく密やかな感情の高まりと皮肉な対比を確立することをチェーホフは熟知している。映画を見ているようなこの場面に続く第四部は四ページ半の終結部で、こそこそと会い続けている恋人たちの数年に及ぶ生活が描かれている。(彼らの家庭生活はその後どうなったのだろう、アンナの子供たちはどうなったのだろう、と読者は気になる。しかし、二人だけの人物が出る劇のように、情事のみが強調されている)。痛いほど現実的であるのに、感傷と陳腐に縁どられているこの種のラブストーリーを書いてみよう、などと本気で取り組む作家はまずいない。だが『三人姉妹』の結末の優柔不断は、挫折した理想の陳腐さそれ自体に悲劇があることを示唆しているように、チェーホフの手腕が「犬を連れた婦人」をある種の悲劇にまで高めているのである。グーロフとアンナは、言うなれば、「優しい友人」のように互いに愛している。しかし、彼らの苦悩はとても深く「この耐えがたい絆から解き放たれること」を心から願っている。だが彼らにとっての幸せは、厳密には、彼らの苦境には明らかな解決がないことである。

もう少しすると、解決の道が見つかり、そのときはすばらしい新生活が始まるかのようにも思われた。そして二人にははっきり分かっていたのだが、彼らの前にはまだ長く遠い道のりがあり、最も入り組んだむずかしい部分は始まったばかりなのだった。

チェーホフの短編の多くがそうであるように、「犬を連れた婦人」は中編小説の深みと広がりを湛えている。たいていの短めの小説は時間を短期間にして、劇的な場面を一つだけにしぼるところを、この物語は愛する者たちの人生の長い年月を扱い、思い惑う未来までも映し出している。一貫して、チェーホフは劇的な「前景」に対して、厳密に組み合わされた「背景」を維持している。まず、ヤルタの閑散とした夏のリゾート地にいる。次に、冬のモスクワにいるが、グーロフの叙情性は相手の役人が食事について言った陳腐なコメントによって乱される（「今晩はあなたが言われた通りでした。あのちょうざめには臭みがありましたな！」）——これはたぶん性愛についての皮肉なコメントだろう。次にはオペラ劇場にいて、最後はモスクワの「スラヴァンスキー・バザール」ホテルの一室にいるが、愛する者たちの情熱にしては無機質な設定である。物語の隠れた核心は、いわば、この上なく私的な秘密の生活が、公の外向的な生活の真っただ中で過ごされるというこの現象である。グーロフが前記の題辞の中で考えているように、ほとんどの人間は自分たちの本当の生活を「秘密と夜のとばり」におおわれて生きている。

個人の生活は全て秘密で成り立っている。個人のプライバシーは尊重されるべきであると文化人が神経質なほど不安がるのは、おそらくこのためであろう。

物語の主題は糸巻きのようなもので、物語をつむぐ糸、つまりプロットはその糸巻きの上でうまく巻かれる。糸巻きがなければ、糸はたぐられないだろう。主題に関わる重大なこの中心部を欠けば、「運命的な」恋人たちの物語はただ感傷的で、独創性のないものになるだろう。

一般的に言って、質の高い小説は興味の尽きない物語性と賞賛に値する人物が関わり、同時に小説それ自体に対する一種の論評にもなっているので、深みを持っている。他の傑出した作家の中でもとりわけチェーホフにおいては、「小説」は微妙な均衡を保って「論評」と対照されている。レイ・カーヴァーが「……すると突然全てのことが彼にははっきりと分かった」というチェーホフの簡潔なエピファニーを選び、壁に貼っていたように、論評は小説から切り離すことができる。しかし、小説は論評から切り離すことはできない。精神的な中核を欠く単なる一連の出来事に小説をおとしめることになるのを覚悟の上でもない限り。

「白い象のような山並み」――作家の緊張下での潔さ

私はプルニエで女の子に会った……私は彼女が中絶したことを知った。私は近づいていき、話しをしたが、そのことは話さなかった。帰る途中、あの物語のことを思いつき、昼食を抜き、その午後は（「白い象のような山並み」を）書いて過ごした。

――アーネスト・ヘミングウェイ
『パリス・レヴュー・インタヴュー』

たった一回の午後だけで作ってしまうなんて、なんて上手な時間の使い方だろう。昼食を抜いて、四ページの傑作を書くとは。

（事実は、伝記作家ケネス・S・リンによれば、ヘミングウェイは北スペインのエブロ渓谷を背景にした以前の短編の原稿を改訂しながら、一九二七年のハネムーンの数日を過ごした。これがその後「白い象のような山並み」となった。しかし、ヘミングウェイがインタヴューで答えた話の方が勝った逸話になっている）。

アーネスト・ヘミングウェイは文学と人生における人間の理想として「緊張下での潔さ」を称え、しばしば言及している。ヘミングウェイの言う「緊張下での潔さ」とは、意志によって強化された男らしい強さの具現を指し、それは小説それ自体の技巧にもそのまま適用できる。潔さとは語りの流れ、円滑さ、「不可避性」と言えよう。そして緊張とは、できる限り緊密に物語に技巧を凝らし、物語を本質的な要素にまでそぎ落とさなければならない必要性を言う。「白い象のような山並み」は一場面だけの、とても簡潔な一幕劇である。劇的な文学では、場面が緊張をはらめばはらむほど、感情に訴える。もし場面が引き伸ばされ、繰り返されるなら、そして観客の方が劇の先を行ってしまうようなら、注意は緩慢になる。だがもし場面が短すぎて進展がなければ、劇的経験は弱く、希薄で、皮相的で、忘れられてしまう。作家にとっての目標は、自分の題材を「十分に認識する」ことであり、語りの流れと、背景の展示と描写そして敷衍、との間に理想的なバランスを見出すことである。

似たような「ごく短い物語」でもそうだが、「白い象のような山並み」のような秀逸な小短編においてヘミングウェイが目標とすることは、A地点からB地点に速やかに間違うことなく進ませることである。登場人物は、「アメリカ人と連れの若い女（ガール）」の二人だけである（彼女は十八歳以上のようだから、現代作家ならおそらく女（ウーマン）と呼ぶだろう）。二人は純粋に場面の断片として「彼」と「彼女」として呼び出されているから、彼らの名前は知らされない。そして伏せられている「こと」（おそらく中絶）に対する二人の態度は正反対である。読者は駅舎のバーの場面のかなたにある二人のそれぞれの生活を想像してみようとは思わない。短いけれども、「白い象のような山並み」は息を呑むような劇的な結末に達し、ウィリアム・バトラー・イェイツのまばゆいばかりのソネットに匹敵するほどの完璧な内容と形式の一致が達成されている。

「白い象のような山並み」をもっと複雑でゆっくりと時間が進む「犬を連れた婦人」や、簡潔な中編小説の構成をもつヘミングウェイの名作「キリマンジャロの雪」や「フランシス・マカンバーの短い幸福な人生」のように、話にもっと進展の見られる短編と対比させてみると、若い作家は学ぶべきものが見出せる。これらの二つの中編小説は、後年にもっと瞑想的な人生の時期に入った作者（ヘミングウェイは、「白い象のような山並み」を書いたとき若干二十八歳だった）による「白い象のような山並み」の別のもっと長い版と想像することが可能である。

「白い象のような山並み」の若い女性と彼女の未熟な相手との過去の関係が、二冊の中編小説では現在の境遇に関わる主題として探求されている。それゆえこれらの人物は名前、生きてきた歴史、個性を持つことになり、もしかしたら彼らの経験は我々自身の経験と重なるかもしれない。長めの小説は読者を感情的に引き込むという明らかな利点があり、一方、ミニマリスト的な小説は驚異や啓示を短く、鋭く、宣言的に描ける技巧の利点がある。

その場面が冒頭の段落でどのように描き出されているか見てみよう。「犬を連れた婦人」と同様に、それはすばやく映画のように、いわば「ぴたっと決まった」画面で開始する。

エブロ渓谷のかなたの山並みは、長く白く連なっていた。山のこちら側には日陰はなく、木は一本も生えておらず、二本の線路にはさまれて、太陽がふりそそぐなか、駅があった。

名ばかりのロマンスははるか遠く、渓谷の向こう側にしかないことがとても巧みに潜在意識下に暗示される。一方「こちら側には」日陰はなく「とても暑く」、旅行者の主な関心ごとは「何を飲む?」である。

ヘミングウェイにおいてはまれなことだが、この作品では絶対的な説得力をもって、女性つまり「若い女」は、父親である男が中絶させたがっている子供を産もうと思えば産めるように、真実を見抜く目を持っている。二人のうちで詩的メタファーの目を持っているのは彼女の方である。彼女は遠くの山並みが白い象に似ていると言うが、一方相手はきっぱり「そんなの見たことがない」と言い、ビールを飲む。彼女も確かに白い象など見たことはなかったが、あざけるように言い返す。「そうね、あなたは見たことがないでしょうね」この短いやりとりの中で、二人の性格が効果的に対比され、彼らの間にある不和が決定的なものになる。「とても簡単な手術」が何であるかいっさい明かされないまま、中絶することを二人が話し合うとき、抑えられていた感情が物語の頂点に達する。渓谷の向こう側をじっと見つめながら、若い女は直観のおもむくままに答える。だが自分だけの福利を気にしている相手は彼女のひらめきを遮断しようとする。

「そうすれば、このすべてがわたしたちのものになるのに」と彼女は言った。「そうすれば、何もかもわたしたちのものになるのに、一日たつごとに不可能にしているのだわ」

「何だって」

「すべてがわたしたちのものになる、って言ったの」

「すべてがおれたちのものになるさ」

「いいえ、ならないわ」

「全世界をおれたちのものにできるよ」

「いいえ、できないわ」

「おれたちはどこへだって行けるさ」

「いいえ、行けないわ。この世界はもう、わたしたちのものではないわ」

「おれたちのものさ」

「いいえ、ちがうわ。一度（彼らに）奪われたら、二度と取り戻すことはできないわ」


（我々から世界を奪うことができるこの不思議な「彼ら」とは誰を指すのだろう。このように、ヘミングウェイは明記されていない道徳律を冒涜する個人を待ち受けている、非個人的で罪深い運命のようなものをいたるところで呼び起こしている）。

このやりとりから判断すると、男と若い女はしばらくの間この件を話し合っていたが、まだ決意を固めてはいない、と読者は推測できる。そして女はおそらくおれるだろう、と推測できる（「じゃあ、そうするわ。わたしは別に、どうだっていいのだから」）。さらに、二人が愛と呼んでいる彼らの関係は、中絶による精神的緊張とその後の感情のしこりに耐えられないだろう、と読者は推測できる。ヘミングウェイは伝統的な宗教と道徳に対して反感を持っていたことでよく知られているが、その彼にしては奇妙なことだが、我々が自然や生殖といった自然の法則を「冒涜する」とき、また、第一次世界大戦後の精神的不安感の中で、一九二〇年代のこの二人のような根なし草的なアメリカの旅行者のように、ただ自分自身のためだけに生きているとき、我々は罰を受けるのだ、とヘミングウェイは示唆しているように思われる。力強いテーマに加えて、この短編の注目すべき点はもちろん、ヘミングウェイの高度に練り上げられ、最高に磨かれた言語である。彼の時代に、今から数十年も昔、あのようなそっけないありのままの言葉を使ったこと、散文において（たとえ実際はこんなに話すのではなく、もっとたどたどしくても）「人々が実際に話す話し方」を記録したことは、意識の中に革命的な力を生んだ。そしてヘミングウェイの理想は、彼の想像力が生み出した欠陥がありしばしば傷ついた人物を通して、我々作家みんなが目指すべき挑戦として、そして手引きとして輝いている。

今までに起こった事柄から、知っている全ての事柄から、知ることができない全ての事柄から、作家は創造力を通して、一つの表現ではなく全く新しい何かを、真実で生きているどんなものよりもっと真実にし、それを生きたものにする。そしてもし作家がそれを十分に申し分なくすれば、それを不滅のものにできる。そのために作家は書くのであって、ほかにいかなる理由もない……。

（ジョージ・プリンプトン編『執筆中の作家』、『パリス・レヴュー』誌のインタヴュー（一九六三）参照）

この論文で論じた短編は、ほとんどの場合、最初の出版のときから現在に至るまで卓越している散文小説を代表しているという理由で選んだ。これらの作品は、個人にとって、また本当に様々な作家にとって、審美的形式についての問題に対する散文における解決法を提示している。私は語らなければならないは作家が最初に考えることである。次に考えるのはどのように語るかである。読むことから、このような質問に対する解決法は非常に多様であり、また個人の個性の中にいかに刻み込まれたものであるか発見できる。というのも芸術と技能が融合するのは、私的なヴィジョンと共同体の公的なヴィジョンを創造したいという願望が結び合わさったときだからである。

自己批判という不可解な芸術

自己執刀する脳外科医と同じで、作家の自己批判はもしかしたら良策とは言えないかもしれない。「自分」が「自分」をどのような客観性をもって見ることができるというのだろう。一瞬厳しい後悔の気分に襲われてしまうと、その疑惑は生涯にわたって創作活動に影を落とし、非情な結末を招くことになってしまう。英語という言語で最初に詩を書いた偉大な詩人チョーサーは、後年その比類ない作品の価値を疑うようになったばかりか、世俗的なものを書いたことを罪と認めて、キリスト教徒としての嫌悪感に打ちのめされ、自分の作品を全面的に否定した。また同様に、数世紀後、イエズス会修道士のジェラード・マンリー・ホプキンズも、みずみずしいほどに感覚的で、際立ってリズム感のある自分の詩は修道士としての自分の誓いを冒涜するものであると次第に思い込むようになった。フランツ・カフカの自己批判は、いつも手厳しいが、彼の作品の力強いイメージと相似する一種の自傷行為——懲罰や身体の切断や消去といったマゾ的幻想――にだんだんとエスカレートしていったようだ。カフカが友人のマックス・ブロートに『審判』や『城』といった未完の小説も含む彼の全作品を焼却するよう頼んだのも、驚くほどのことではない。（非常に賢明にも、ブロートはカフカ自身より明確に、より寛大にカフカの才能を見抜いていたので、その頼みを断ったのだった）。

文学の努力の長い歴史の中で、自己判断とはなんと異様だったことか！　技巧上の書き直しは即座に実践するものの、「全作品」はもとより、個々の作品から自分を切り離そうと努めるのは作家の運命だという考えも、最善を尽くそうとする作家の意図にもかかわらず、疑問が残る。知り尽くすということは、ほとんど知らないことにしてしまう一つの方法かもしれない。ならばいかにして他のどんなことよりも自分自身についてもっと知ることができるというのだろう。

よく考えてほしい。人間の目の中では、どんな光エネルギーも視路の出口では網膜を刺激することはできない。人間はみんな各自の視界の中に盲点を持っている。どこを見ても、不可視の点があるそうだ。それらは見えないので、不在とみなされることさえない。これらの盲点は、見る人の目の中では暗黙の「微塵」である。記憶にもこれと類似する現象があって、記憶喪失の破片が脳の中を雲のように漂っている。我々が積極的に、意識的に「忘れる」ことはめったにない。たいていの場合、忘れたと意識しなくても、我々はただ忘れてしまうのである。この現象は、個人においては「否認」と呼ばれ、文化全体や国家全体においては通常「歴史」と呼ばれる。

「私の小説は何年読まれるか知っているかい？」トルストイを除いては、ロシアの散文作家の中でチェーホフが最も高く評価されていたときに、チェーホフは友人のイワン・ブーニンにたずねた。「七年だ」「なぜ七年だい」とブーニンがたずねた。「じゃ、七年半だ」とチェーホフは答えた。並外れた美しさと独創性にあふれる小説『テス』と『日陰者ジュード』の作者であるトマス・ハーディにとって小説を書くことは、「一時的に」だが、経済的には「強制的に」詩人としての経歴を中断させる、単なる職業だと軽んじて語っている。ノーベル賞受賞後すぐにアルベール・カミュを苦しめたのは、エゴイズムと卑下という何とも悲惨な組合せだったようだ。まるで作家としての成功に向ける公の祝福が、私人としての生活では呪いを生み出すかのように。(『転落』では、カミュの小説の語り手は「馬鹿げた」不安にさいなまれていると語っている。「人は自分の嘘を全て告白せずには死ねない……さもないと、もし生活の中に一つの偽りが隠されているならば、死はそれを決定的なものにしてしまうだろう……死によって真実が絶対的に暗殺されてしまうと考えると、私はめまいを起こした……」)。

適当なところに正しいシラブルを入れなさいはジョナサン・スウィフトの訓戒であり、完璧主義者であった彼の信条である。だがこの信条は作家にとって悪夢にもなる。美しく、秀逸に、独創性をもって「歓喜の」力でいつも書こうとする緊張感は、作家を自己嫌悪に陥らせ、心身を麻痺させ、何も手をつけられなくさせてしまうこともある。ジョセフ・コンラッドのような完璧主義者の絶望には、虚栄心と卑下の二つが入り混じっていて、彼の最も野心的な小説である『ノストローモ』を書いていたときは悲惨であった。「幅一四インチの板をつたって絶壁を自転車で渡るように、私は進む。もしよろければ、私は死んでしまう。」自分の仕事に対する嫌悪感に襲われて、コンラッドはほとんど精神薄弱に陥ったと語っている。自分の脳が水に変わってしまったと感じたことや、自分にとって書くことはただ「神経症の力」を言葉に「転換」したものにすぎないと確信している、とも語っている。(『ノストローモ』はそのような作家の緊張をうかがわせるものだろうか。残念ながら、まさしくそうである)。

麻痺という心理的現象それ自体が、しかしながら、絶妙の理にかなった意外な展開を生むこともある。創作にまつわる数々の困難を熟考しながら、作家は普遍的な人間の境遇をも熟考しているからである。マラルメ、ボードレール、T・S・エリオット、サミュエル・ベケットにとってそうであったように、受動性、優柔不断、「不能」が芸術の主題となる。人生に疲れきったあの感覚、人間をとりまく境遇の頑迷な事実を伝えるのに言語は不十分であるというあの感覚が、主題になる。なぜ書き続けるのだろうか？　だが、我々は書き続けるのだ！　ベケットはこの擬悲劇的な倦怠を詩的に凝縮し、劇化することで自分の地位を確立できた。「一瞬一瞬がむだに過ぎ、今いつものように、時間は決して終わらなかったのに、時間は過ぎてしまった。時間が迫っていると思っているうちに、物語は終わろうとしている」（『勝負の終わり』）。

ある作家にとって、生来の自己猜疑心が批評家の否定的な評価によって増幅する。自分が本質的に無価値であるという確認がほしいなら、いつでもどこかで見つけることができる。親切な批評家はそのときたまたま寛大なのであって、他の批評家は本当に自分のことを見破っていると作家は感じるようになる、とジョン・アップダイクは述べている。高い評価を得ていたJ・D・サリンジャーは明らかに創作をやめてはいないのに、なぜ創作活動の中期から出版しなくなってしまったかについては一九六五年以降、謎である。しかし、サリンジャーの最後に出版された何冊かの本に対する嘲笑的で、粗略的な批評の口調を考慮すると、作家として尊厳をもって退き、沈黙することは理解できる。（サリンジャーの作品が死後出版されると、批評家たちはどれほどか熱狂的に取り上げることだろう……）。

一方で、傷つきながらも挑戦的に虚勢を張る場合もある。「評論家が私の作品を多少なりとも気にいると、私は懐疑的になる」（ゴア・ヴィダル）。

もっとよくあることは、作家というのは自分の作品がどのように認知されているか、そして自分の作品は本当のところ何なのかということについて、しばしば、実はあいまいにしか分かっていないということである。例えば、ハーマン・メルヴィルは、若いときに書いた『タイピー』と『オムー』がベストセラーになったが、もう一冊ベストセラーを書いていたと信じていたようだ。活気がなく回りくどく、もじりめいた『ピエール』がその本で、女性にとっては「気晴らし」的なものだった。（これは作家自身の自己嫌悪のせいで窒息しそうな小説で、その前に書かれた彼の小説『白鯨』と同じくらい売れ行き面で惨めな失敗作となった）。『大いなる遺産』はほとんどの読者には恐ろしく、痛ましい題材であるが、チャールズ・ディケンズはこの作品を心底喜劇と思っていたようで、開巻の部分を「とてもこっけいで」「ばかばかしい」と自慢している。スコット・フィッツジェラルドは不完全で、因習的な表現で描かれた『夜はやさし』が偉大な小説であるばかりか、ジェイムズ・ジョイスの『ユリシーズ』よりはるかにずっと実験的な小説だと確信していた。ウィリアム・フォークナーはぎこちなく生彩のない『寓話』が、それ以前の秀逸で独創的な小説『響きと怒り』や『死の床に横たわりて』や『アブサロム、アブサロム！』より優れていると確信していた。

ジェイムズ・ジョイスは十六年を費やした労作『フィネガンズ・ウェイク』は、英語で書かれた最も難しく、難解で、読みづらい小説の中の一冊ではなく、「簡単な」小説であると信じていた、あるいは信じたいと願った。「もし一節が理解できないなら、ただ声に出して読めばいいのである。」（さらに再び、今度は少し控えめに、ジョイスは告白している。「もしかしたらこの作品は狂気である。人々は一世紀したら判断を下すことができるだろう。」ジョイスは弟のスタニスロースの次の批判に何も言い返さなかった。『フィネガンズ・ウェイク』は「言葉で言い表せないほど退屈で……文学として愚かにさまよい、最後は消え去る。もし僕が兄さんを知らなければ、一段落も読まないだろう」）。

たぶん自分の作品についてあまりに執拗に思案し、分析したので、ヴァージニア・ウルフは他のだれよりも自分の作品の出来具合について確信が持てなかった。彼女の作家活動の中で一番困難なものだった『歳月』の校正を何度か行っていた一九三六年十一月、彼女は日記に書いている。自分は「第一節の終わりまで読んだとき、絶望してしまった。感動はなく、絶望は確定的……。これは幸運にもあまりにひどいので、もはや問題の余地はない。死んだ猫のように校正刷をL［レナード］のところに持って行って、読まずに焼くように言わなければならない。」しかし、レナード・ウルフは気に入ったと言った。事実「並外れていい」と思った。（レナードは嘘をついているが、そんなことはどうでもいい。ヴァージニアに分かるはずがないのだから)。たぶん自分の作品の出来の悪さを誇張して考えすぎたのだと日記に書いている。それから再び、数日後、やはり確かにひどいと書いている。「二度と再び長い本は書かない。」しかし、数日後には「私の意見がどうであれ、『歳月』について悲しむ必要など全くない。終わりにはうまく行くように思える。ともあれ、ぴんと張った、本物の、手ごわい本になりそうだ。ちょうど今書き終え、少し気持ちが高ぶっている。」その後、やはりひょっとしたら失敗作かもしれないと認めているが、彼女はそれをやり終えたのだ。しかしながら、最初の批評のいくつかは誉めそやした。ウルフは「一流の小説家」で「偉大な叙情的詩人」と太鼓判を押された。ほとんど世界的にも『歳月』は「傑作」と言われた。その一日か二日後、ヴァージニアは書いている。

われながら何とおもしろいのだろう！　今日はすっかり元気を取り戻し、生き生きとし、頭の中があふれんばかりだ。というのもひどく気分がめいっていたから。金曜日に『リスナー』誌でエドウィン・ミュアに、『生活と文学』誌でスコット・ジェームズにほほをたたかれた。二人とも私を酷評した。Ｅ・Ｍ・は『歳月』は死んでいて、人を失望させると言っている。ジェームズも要は同じことを言っている。全ての光が消え、私の笛はすっかり折れた。死んでいて、人を失望させる、そう私はみやぶられた。あのいやなライスプディングのような本は私が思ったとおりのものだった——惨めな失敗作だったのだ。そこには生命がないとは……。今この痛みが私を午前四時に目覚めさせて、私はひどく苦しんだ……。しかし、[それから] 痛みが取り除かれた。『エンパイア・レヴュー』誌の中に四行の、いい書評があったのだ。私の本の中でベストとある。そうかしら？　それほどとは思わない。でも、喜び……は全く本当だ。批評されると人はなぜか奮起し、楽しく、きびきびとし、戦闘的になる。賞賛によるより以上に。

『歳月』は、全くありそうにないことだが、アメリカではベストセラーリストのトップにまで上がり、四ヶ月トップを維持している。モネの絵にあるように、水銀のようなほのかな光に包まれて、人生がよどみなく流れている『燈台へ』や『ダロウェイ夫人』や『波』といった彼女の本物の傑作とは違い、『歳月』はウルフの一番うまくいかなかった実験作の一つで、妙に退屈で、眠気を誘い「そこには生命がない」と今日ではみなされている。

著名な作家の多くは以前に書いた作品を書き直し、「改善する」という挑戦に挑んできた。W・H・オーデン、マリアンヌ・ムーア、ジョン・クロウ・ランサムの名前がすぐに浮かぶ。青春のエネルギーが消え去ると、老作家や、時として執念深いと思われそうな老作家は、物事を正しく立て直したいと思う。つまり、経験から出てくる疑わしい知恵に従って、除去したり、改訂したり、変更する。オーデンの詩人仲間であるジョージ・セフェリスは、特にオーデンが「一九三九年、九月一日」を改ざんしたことを非難した。（その詩の中の「われわれは互いに愛しあうか死ななければならない」という有名な行が、「われわれは互いに愛しあって死ななければならない」に変更された。あるいは、別のところでは、その行が入っているスタンザもろとも、すっかり省略されていた）。セフェリスは、その詩はオーデンの独占から長らく離れているのだから、そのような改訂は「不道徳で」「自己中心的」とみなしたのである。W・B・イェイツは終世改訂にこだわりを持っていて、改訂を「私の魂の発現」と呼んだが、対照的に、彼の改訂はほとんどいつも正当とされた。ヘンリー・ジェイムズの改訂も、我々が知る限りエミリ・ディキンソンの改訂も、正当とされた。（ディキンソンは、簡単に書かれたように見えるちょっとした手紙でも、何度も何度も下書きをした）。D・H・ロレンスは『詩集』に収録するために初期の作品を書き直し、かなり改善した。たぶん、忠実な詩は書き直し始めるにあたって、相当にまずかったからだろう。（しかしながら、ロレンスが自分自身の作品に対して非常に鋭い批評家であったことは、「若者は自分の悪魔を恐れ、時々悪魔の口に自分の手を当てて、悪魔の代わりに自分がしゃべるものである。だから私は悪魔に言いたいことを言わせて、若者が邪魔をした節を取り除こうとした」と言っていることからも分かる。『詩集』（一九二八）を参照）。

あからさまに無邪気なうぬぼれの例はたくさんある、ありすぎるくらいあると言えるかもしれない。栄えあるアメリカ作家の中でも最もたくましい男性アーネスト・ヘミングウェイは、空想の中のボクシングの試合と作文の試合で、ツルゲーネフとド・モーパッサンを打ち負かし、スタンダールとは二つ引き分けとなったが「最後の引き分けはおれの方が勝っていたと思う」と自慢している。ジョン・オハラは、トーマス・マン、ウィリアム・フォークナー、ウィラ・キャザー、キャサリン・アン・ポーター、ユードラ・ウェルティ、そしてヘミングウェイのような短編小説の巨匠と同時代の作家だが、「だれも私より上手に短編は書けない」としばしば自慢した。ロバート・フロストは、重鎮で栄誉ある詩人でありながら、聴衆の中に座って別の詩人が作品を読むのを聞くことが困難だった。とりわけその作品が聴衆に非常に受け入れられれば、なおさら居づらかった。ロシアの詩人エフトゥシェンコは「二〇フィート離れていても水晶を割る」ことができるほどのエゴの持ち主だったと（ジョン・チーヴァーに）ウィットを込めて言われた。ナボコフはあまたの作家の中でも、とりわけドストエフスキー、ツルゲーネフ、マン、ヘンリー・ジェイムズ、そしてジョージ・オーウェルより自分の方が勝っていると信じていた。

『野鴨』の中で、イプセンは「人生のうそ」、つまり人生を可能にし、我々に希望を与えてくれるために必要な妄想について語っている。（たとえ理にかなわない希望であっても、である）。ある作家にとっては「人生のうそ」は必須である。彼らは自分には天分が備わっていると信じなければならない、さもないと全く書けないからである。あまりにひどく現実の生活に支障をきたさない限り、そのような確信はなにも間違ってはいない。

自分自身について信頼できる評価をするには、その対象を知らなければならないが、たぶんそれは不可能だろう。自分についてどう感じているかは分かるが、それは一時間ごとに変わる。窓の外の光の強度が変わるように、人間の気分も変わる。しかし「感じること」は「知ること」ではないし、強い「感情」は「認識」を妨害するだろう。私は、実のところ、自分についてどんな評価もしていないように思う。自分が最善を尽くしたと信じる作品を出版するだけであって、それ以上は私には判断できない。私にとって、私の人生はグラスに入った水のように透明で、もはや何の興味もない。そして私の創作は、あまりに多種多様なため自分でも熟考できないほどで、捉えにくい。それを判断するのは、他者のさまざまな心（あるいは、オーデンがもっと力強く言っているように、人間の臓腑）に在るということだろう。

作家の仕事場

私の仕事場は幅より縦にずっと長い。ニュージャージー州郊外の田舎町ホープウェル・タウンシップ（プリンストンから約三マイル）にある、一部がガラス張りのわが家の中庭からは、松の木、ヒイラギの茂み、コリアンハナミズキの一帯が見渡せる。その木立の中を鹿が一匹、または子鹿を連れて、または牛の小さな群れが、いつも行ったりきたりしている。家の他の部分と同じく、私の書斎もかなりの部分がガラス張りである。机を置いている目下の私の書斎場所は、七つの窓と一つの天窓のおかげで昼間はさんさんと日が射している。

今までずっと机は全て窓際に置いてきた。ワープロを使って書き過ぎていた一九八〇年代後半の二年間は別として、私はいつもほとんどの時間、窓から外をじっと見つめ、そこに何がいるのかを注視し、空想し、黙想して過ごしてきた。いわゆる想像の生活の大半はこれらの三つの行為の中に含まれている。これらの三つの行為は全くとぎれることなく一つに混ざり合い、辞書を読んでいるときもしばしばそうなのだが、ぼうっと無上の喜びにひたっているうちに午前中全部が過ぎ去ってしまう。人々が私を「多作の」作家と思い、空いた時間の全てを使って小説を書いているにちがいないと思っているのは、私には不思議である。私の親友ならずっと知っているように、実際は、私は窓から外を眺めながらほとんどの時間を過ごしているというのに。（窓から外を眺めることを薦めます）。

「さあ、鍵をかけるわよ——そしたら自由よ。マティ！」

エミリ・ディキンソンの姪は詩人（ディキンソン）がある日、マサチューセッツ州アマーストにあるディキンソンの家の二階の寝室に彼女を連れて行って、親指と人差し指をくっつけて想像上の鍵を作り、まるで彼女をそこに閉じ込めるようなしぐさをしたときの様子をよく語ったものである。さあ、鍵をかけるわよ。そしたら自由よ。

我々もみんなそうであると思う。自分自身の大切な部屋。それはプライベートな場所であり、避難場所である。ロバート・フロストの有名な言葉を別の言葉で言い換えるなら、プライベートな場所とは、入りたいと思って入れば、追い出されることは絶対にない場所である。

従者にとってだれも主人ではない、とオスカー・ワイルドは述べている。プライベートでは男も女もだれも英雄的でもなければ、預言者のように神託的でもないということだろう。ありがたいことだ。我々の生まれながらの直感は神託を崇めるのではなく拒絶する。何より、それを信じたりしない。

文学のアイコンについて神託のように公に発表された言説はほとんどいつだって厄介で、内実がなく、便宜的である。詩人の役割、詩人の声、詩人の良心といった高遠なフレーズは、特にプライベートでは、詩人自らの耳には納得がいかないもののようだ。「私は本当にそんなことを言ったのだろうか。なぜだろう。公の席にいたにちがいない。」

演説口調で言うのは詩ではない。壮大な意見を吹聴するのは文学ではない。理論化とはたいていの場合、自己を誇張することである。明らかに限界がある人が、自分ができる種類のことを宣伝するのである。

それでも、時々自分もそんな言説を述べていることに気づくことがある。作家も詩人も年をとるにつれてますますそうなりがちなのだが、これは職業上の危険な兆候のようだ。老人になるとだんだん耳が遠くなるのに比例して、さらにくどく、独りよがりになる。

公では、我々は公的人物になる。しかしプライベートでは、我々は「本来の個人になる」。

私の机の上には、重要な情報や訓戒を書き留めている紙切れの山に混じって、いつも見えるところに、色あせた赤インクで書いた手書きの注意書きがある。

作家としての私にふりかかることは全て、私自身の行動が招いたものである。

これは反駁できない事実であり、事態が自分にとって悪くなったとき、責めを負うのは自分以外にだれもいないということである。敵意ある論評家でも批評家でもない。自分以外のだれでもない。

真剣な芸術とは慰めるのではなく、違反し、覆すものであると私は思いたい。真剣な芸術家は決して攻撃されたり、嘲笑されたり、粗略に扱われたりはされるはずがないと思いたい。そんなふうに扱われたとき、芸術家は自分自身を罰してきた。しかし、たぶんこれはただ希望的観測であって、私自身は免れたいと願っている。

書斎では、他のどのプライベートな場所でもそうであるように、私は負けを認めなければならない。傷つけば傷つくほど、想像の世界の中でますます想像性に富む作品を書いて出版すれば、それに対する公の批判的な反応におそらくさらに傷つくことになる。だから、再び想像の世界の中に退却する。その結果、さらに傷つくのは請け合いである。奇妙な繰り返し。だが、一応理にかなってはいる。どうやってそんなにたくさん書くのですかは度々たずねられる質問である。なぜそんなにたくさん書くのですかとはそれほどたずねられない。

書くこととは、私にとって、主に思い出すことである。「書くこと」はほとんどの詩人にとっては言語に関するものにちがいないが、私にとっては、特別に言語的なものではない。私にとって書くことは多分に映画的、劇的、感情的、聴覚的で、ちらちら光る未形成状態のもので、そのうちそれが現実の言語となり、ページの上で言葉に変わっていく。編集者たちは、出版するものとして受理した作品を私がすっかり書き直すので、ときどき驚く。前日に全くよしと思えた小説の数章をすっかり書き直すのには、私自身もしばしば驚き、腹が立ち、苛立つ。さらに、その後も時々そこを書き直す。新しいアイディアが浮かんだといつも感じ、自分の言いたいことをもっと適切に表現する方法があるようにいつも思ってしまうからである。だから、窓、天窓、訓戒をしたためたメモ、窓敷居やかべや机の上に飾っている芸術品などがある、今話しているこの書斎は、ある意味では、私の創作のプロセスには副次的なものである。

私はめったにタイプライター（約一〇ページ分のメモリー、プリント機能、ディスク保存付きの日本製のスィンテック一〇〇〇）に向かって創作することはなく、実際このやり方で強引に小説を書くことは絶対にしない。私の場合、まず、純粋に言葉なしで、想像しなければならない。それから思い出さなければならない。実際、私は多くの時間を書斎から離れて外で過ごす。たいていの時間を動いて過ごす。走る（私の一番好きな活動で、走っていると私の新陳代謝はどうやら「正常」のようである）、歩く、そして自転車に乗る。車を運転し（スピード制限つきの車がいい）、または車に乗せてもらう。空港へ行き、飛行機に乗る。私はしょっちゅう空港に行き、飛行機に乗っている！　日の光がまだ丘陵や山並みに無粋に急に立ち昇る前の早朝、眠りと目覚めの間をうつらうつらしている。その後何を書こうかと考えをめぐらしていると、動いていたときに見たり想像したことが目の前によぎってくる。風景を心に思い浮かべ、言葉を「聴く」ことに努める。ただふと思い出すのではなく、机に向かって思い出す。十分な自信と気力をもって書き始める前に、作品の結末を知っていなければいけない作家がいるが、私もその一人である。いったんしっかり根が下りると、当然作品は展開するだろうし、全ての創意に富む作品はしかるべきときに展開する。だが力強く始められるには、その前に少なくとも無意識の中でも、結末は初めからなければならない。

でもやはり、私は自分の書斎がとても気に入っている。数え切れないほどの白昼夢やとぎれとぎれの記憶や紙切れがあるこの書斎は、私がもどってくる場所である。（エミリ・ディキンソンも紙切れに書き留めて、たたんでエプロンのポケットにしまっておいた。夜になって、部屋で自由な時間になると、これらの紙切れを取り出して、熟考した）。一日のある時間になると、書斎は光であふれ、家の他の場所より暖かくなることがしばしばで、かなり冷え性の人間にとっては理想的である。先日、もうほとんど大人になっている子鹿が窓に近づいてきて、中をのぞき込み、私を見た。子鹿は冷やかすような、ぼんやりした表情を浮かべているように思えた。いったいこの人間は何をしているのだろう。何をそんなに真剣に考えているのだろう。彼女自身についてではないのは確かなようだけれど。じゃ、何を考えているのだろう。

『ブロンド』の抱負――ジョイス・キャロル・オーツへのインタヴュー

グレッグ・ジョンソン

ジョイス・キャロル・オーツは重大で、議論を呼ぶ、きわめてアメリカ的な主題に真正面から取り組んでいることでよく知られている作家である。

一九七〇年度全米図書賞を受賞した『かれら』では、一九六七年に起こったデトロイトの人種暴動を描いて本領を発揮した。『苦いから、そして私の心臓だから』（一九九〇）では黒人と白人の十代の男女のロマンスを劇的に描いた。さらに、ピューリツァ賞候補となった『ブラックウォーター』（一九九二）では、溺れている若い女性の視点から、チャパキディック事件を小説化した。一九九五年の身の毛もよだつような短めの小説『生ける屍』はジェフリー・ダイマー事件にヒントを得て、連続殺人犯の深層心理をあますところなく、迫真にすぎるほどに探求した。

今回オーツは、現在までの彼女の作品の中で一番長い小説を書き上げた。七三八ページの叙事的小説で、マリリン・モンローとしての方がよく知られているノーマ・ジーン・ベイカーの短くきらびやかな人生を基に描いたものである。ニュージャージー州プリンストンにある彼女の自宅で、オーツは『ブロンド』（ECCO／ハーパー・コリンズ、二〇〇〇）執筆の目的と抱負を明らかにしてくれた。たぶん彼女の執筆歴の中で最も議論を呼ぶはずの小説である。

――『ブロンド』を書いた発端は何ですか。何がきっかけでマリリン・モンローを小説の中心に選んだのですか。

オーツ　数年前に、たまたま十七歳のノーマ・ジーン・ベイカーの写真を見ました。髪は長めの暗い巻き毛で、頭には造花をつけ、首にはロケットの首飾りをしていましたが、あの偶像的な「マリリン・モンロー」に似たところは全然ありませんでした。私はすぐに何か思い当たるものを感じました。つまり、この若く希望に満ちて微笑んでいる少女は非常にアメリカ的で、私の子供時代に周囲にいた少女たちのことを、その中には崩壊家庭の少女たちもいましたが、強烈に私に思い出させたのです。数日間、私はほとんど我を忘れるほどの興奮を覚え、写真の中にいるこの亡くなった孤独な少女を生き返らせられるかもしれない、そして消費製品である偶像的な「マリリン・モンロー」がこの少女をすぐに圧倒し、抹殺してしまうことになるだろうと感じました。彼女の物語を神話的で原型的なものと捉えました。ノーマ・ジーンという洗礼名をなくし、「マリリン・モンロー」という芸名をつけるとき、物語は終わるだろうと考えました。また、彼女は茶色の髪をプラチナブロンドに染め、顔の整形手術に耐え、挑発的な服装を身にまとわなければならなくなるだろう、とも考えました。一七五ページの中編小説を計画し、最後の行は「マリリン・モンロー」となるはずでした。語りの様式はおとぎ話風で、適切なかぎり詩的なものになるはずでした。

――明らかに、あなたは中編小説ではなく、長編小説を書き上げました。どうしてそうなったのですか。

オーツ　書いているとよくあることなのですが、「中編小説」は思っていたよりも長い、もっと緊迫した叙事詩的な人生に広がっていき、とても長い小説になるのです。「どうしてそうなったのか」という質問ですが、このような場合よくあることなのです。『ブロンド』はいくつかの文体からなっていますが、おとぎ話やシュールレアルな様式というよりも、心理リアリズムの様式がほとんどを占めています。小説は主人公が死後に語るという形式をとっています。

中編小説の形式をあきらめた後、彼女の人生の複雑な要素を受け入れることができる「叙事的」形式を引き出しました。私の意図は、エンマ・ボヴァリーが彼女の時代と場所を象徴する女性の肖像であったと同じくらいに、ノーマ・ジーンを彼女の時代と場所を象徴する女性の肖像として創造することでした。（もちろん、ノーマ・ジーンは実際にはエンマ・ボヴァリーよりずっと複雑で、もちろんもっと賞賛されてしかるべき存在です）。

――なぜノーマ・ジーン自身が「死後に語る」という、この異例な視点を選ばれたのですか。

オーツ　答えにくい質問です。声、視点、皮肉な展開、謎めいた距離感などが関わっています。この奇妙な距離を置いたことから得られる効果は、おとぎ話の中のように、一人の個人の人生が抽象的で共同体的な「後世」に入ろうとする、その人生のまさに結末に、死の間際に、その人が自分自身の人生を夢想しながら回想することに私自身も接近することができるという点です。ノーマ・ジーンは死に、「マリリン・モンロー」という役割、作り話、見事な演出は永続するように思えるのです。

――七〇〇ページ以上もあるこの小説は、あなたの作品の中で一番長い小説ですが、もともとの原稿はもっと長く、一四〇〇ページでした。なぜそれほど大幅にカットされたのですか。

オーツ　一四〇〇ページではカットしなければなりませんでした。外科的に原稿から取り除いたいくつかの節は、独立した作品として出版されるでしょう。それらは全てノーマ・ジーンの生きた人生の一連の部分です。私にとって、ノーマ・ジーンの言葉はなぜか「真実」なのです。

それでも、そんなに長い小説は問題です。私のエージェントによれば、翻訳権は日本語以外の「ほとんど全ての言語」に売られました。仮に日本語で翻訳されるようなことがあれば、長さが三分の一から二分の一倍ほども増えるでしょう。例えば、ドイツ語では、ずいぶん分厚くなるでしょう！

——一年足らずでこの大長編小説を書き、さらに大がかりに改訂されました。強烈な創作経験だったにちがいないと思います。

オーツ　ふり返ってみて、もう一度あの経験をしてみたいとは思いません。精神分析学的に言えば——もちろん私たちは自分自身を「分析する」ことはできませんが——私は取りつかれたようにノーマ・ジーン・ベイカーを生き返らせ、生き続けさせようとしていたと思います。

なぜなら、私自身の経験において、またアメリカの生活においてもと思いたいのですが、彼女はある「人生の原理」を代表するようになっているからです。貧困の中で生まれ、父親に、そして最後には母親にも捨てられた若い女の子が、おとぎ話の中のように偶像的な「美しいプリンセス」となり、死後「二十世紀のセックスシンボル」として世に喧伝され、他の人々のために何百万ドルも稼ぐ――これは本当にあまりに悲しくて、あまりに皮肉です。

――この小説を書き進めていたときの過程を説明していただけますか。

オーツ　これほどの長さの小説では、語りの声をずっと一貫した、流れるようなものにさせていなければなりませんでした。私はたえずふり返っては、書き直しました。声に一貫性を持たせるために、二〇〇ページ目あたりで最後の段階に入ると同時に、一ページから三〇〇ページ目あたりまで書き直し始めました。（とはいえ、ノーマ・ジーンが年をとるにつれて、声も変わっていますが）。本当に、短めの作品にも、全ての作家にこの手法をお薦めします。これは庭師が土を空気にさらすのに似ています。

――一九六〇年代以降、カポーティ、ヴィダル、メイラー、デリーロ、その他の多くの有名な作家たちが、有名な、時には悪名高い歴史上の人物に焦点を当てた野心的な小説を手がけています。『ブロンド』は「ノンフィクション小説」のこの伝統に入るとお考えですか。

オーツ　いわゆる実話に手を加えた作品は、「現実の人間」と虚構の人物を混在させ、生きと創意を凝らした肖像を描いたジョン・ドス・パソスの『U・S・A・』に由来しているのかもしれません。例えば、E・L・ドクトロウが『ラグタイム』の中で描いた大胆な肖像は、ドス・パソスが描いたヘンリー・フォードの肖像が明らかに原型となっています。これらの実話に手を加えた作品の中には、「現実の人間」を真面目に描いた肖像というよりは、むしろもっと娯楽的で風刺的なものもあります。

『ブロンド』のかなりの部分は明らかにフィクションなので、これを「ノンフィクション」と呼ぶのは誤解を招くでしょう。（私は序文で次のように説明しています。もし読者の方が事実に基づく真実を望むなら、伝記に頼ってもらわなければなりません。たぶん一〇〇パーセント正確でなくても、伝記は少なくとも文字どおりの真実を根拠にしていますが、一方、小説は精神的で詩的な真実を描くことを熱望するのです）。

――マリリン・モンローの華々しい名声と神話を描くことは、あなたの芸術的目標から逸脱するのではないかと危惧されませんでしたか。あなたが追求した「精神的で詩的な真実」を小説化するために、全く虚構の女優を創造する代わりに、マリリン・モンローの人生の現実の骨格部分を使うことで作家としてはどのような利点がありましたか。

オーツ　彼女の人生からいろいろな事件やイメージ、関わりの深い人物を選ぶことで、詩的、精神的「内面の」真実を喚起できればと思ったのです。純粋に伝記的ないしは史実的な本には全く興味がありませんでした。今までのところ、出版前の反応やインタヴューによれば、非常に共感的で、知的な読み方をしてくれています。もちろん、別の読み方もあるでしょうが、純粋にフィクションであろうと、事実に基づいたフィクションであろうと、作家が書いたものに関係なく、怒りの批評や粗略的な批評は作家にはつきものです。作家は自分のヴィジョンを追求し、他の人々による数え切れない、思いもよらない反応には惑わされないほうがいいのです。

――あなたはモンローの人生や演技法もかなり調べられました。演技と創作の間に相似点を見つけられましたか。この小説を書いているうちに、モンローに親近感のようなものを持たれましたか。

オーツ　私の友人の自伝作家兼研究者の方たちに比べると、「かなりの調査」をしたわけではありません。むしろ私は「時代の伝記」と対照させて、彼女の「人生」の大枠や骨格を創りました。（『ブロンド』は部分的には、政治的な小説でもあるのです。ハリウッドの赤狩りの恐怖の高まり、裏切りや陰謀も含まれています。また、我々は神の国であり、ソヴィエト連邦は悪魔に属するという、いわゆる冷戦の神学的な憶測も背景にあります）。私の長めの小説は全て政治的なものですが、政治的な面が目立ちすぎていなければと願っています。

演劇や演技は、人間の経験を表現する非凡な才能として私たちを魅了します。なぜ私たちは演技をしている俳優を「信じ」たいのでしょう。なぜ私たちは人為的なものだと分かっている筋書きの中で、感動して本物の感情が湧くのでしょう。私は一九九〇年以来、非常に活発に演劇に関わり、監督や俳優のどちらの方々にもとても感服するようになりました。ノーマ・ジーンは天賦の才能のある俳優だったように思います。なぜなら、もしかしたら、彼女は主体性という内面の核を欠いていたからです。「私は自分が生きるに値するとは一度も信じていなかったように思う。人々が普通にそう思っているようには。私は自分の人生を生きていいのだと思う必要があった。」これは私が机の横の壁に貼っているノーマ・ジーンの（作られた）言葉です。私たちのうちでいったいどれだけの人が、全くこんなふうに感じるだろうか、と思うのです！

――例えば、モンローの三番目の夫、劇作家のアーサー・ミラーのような存命の人たちを架空の文脈で扱うとき、何らかの配慮をされましたか。ミラーやモンローのことを知っていた他の人と連絡を取るとか、インタヴューをされましたか。

オーツ　いいえ、「マリリン・モンロー」についてはだれともインタヴューはしませんでした。私が書いたのは「マリリン・モンロー」についてではありません。ノーマ・ジーンは「歴史上著名な」人たちではなく、だれとも明かされない数人の個人と結婚します。彼女の夫の中には、元選手や劇作家がいます。（もし私がジョー・ディマジオやアーサー・ミラーについて書きたければ、違った方法でこれらの複雑な男性たちについて書く必要があるでしょう。とはいうものの、実際は、その劇作家はしばしば内面から描かれています。私が劇作家と一体となり、彼は最終的には小説の後半で良心の声を発しているのは明らかです。しかし、「モンロー」についてのアーサー・ミラーの回想録や彼が受けたインタヴューなどはもちろん読んでいません。

――女優としてのモンローの名声は議論が分かれるところです。彼女の女優としての功績をどう評価されますか。

オーツ　彼女には天賦の才能があり、しばしばミスティアリアスで恐いくらいの女優でした。彼女の仲間の俳優たちは彼女を慇懃に見下し始めても、最後は画面上の存在感に畏敬の念を感じたのです。彼女はほとんどの俳優を「演技で圧倒しました」。芸術においてと同じように、映画でも大事なのは参加することではなく、結果なのです。例えば、演技のプロセスや創作のプロセスは大事ではないのです。大事なのは、プロセスが導いた結果だけです。不思議なことに、プロセスは最終的に出来上がった作品とはほとんど関係がないように思うのです。

――『ブロンド』を書いたことで、ノーマ・ジーン・ベイカーについてあなたの見方は変わりましたか。

オーツ　結局、私はノーマ・ジーンのことを彼女自身以外に何も代表しない孤立した特異な個人として、あるいは種類のない一つの標本のような存在としては、考えませんでした。彼女を一人の普遍的な人物と思うようになりました。私が描いた彼女の肖像がセックスとジェンダーを超えて、女性の読者と同じくらいにすんなりと男性の読者も、彼女と自分を重ねて見られることを是非期待しています。しかし私は、自殺したとされる「歴史上著名な」人間について心理的にありのままの小説を書くことは、だれにも薦めません。それはただあまりに……痛ましいからです。

「JCO」と私（ボルヘスにならって）

「JCO」というあの別の存在には決して何も起こらないのは事実である。私という存在はいずれ死ぬ一人の女性で、昔からずっと、地図にないあちこちの河川に行っては水泳に興じている。私の熱中する対象は数少ないが、いったん熱中すると激しい。一方、「JCO」という存在は、ただの影かぼやけたもの、目の隅にちらっと見える姿のようなものである。「JCO」についてのうわさ話はまわりにまわって私に届くが、ふつうすぐには分かりかねるもので、「JCO」という作家の存在に関してばかばかしいくらい、賛否を論じている。だが、作家ならだれでも知っているように、作品は存在するが、作家は存在しない。なるほど「JCO」の写真は私に「似ている」が、しかしどの写真も同じように「似ている」ことはまれで、その表情はふつうかすかに戸惑っている。この戸惑いの表情は「私は「JCO」という名前と顔をしていることは認めます。しかし、これは単に便宜上のものです。どうかだまされないで下さい」と言っているようである。

「JCO」は人ではなく、個性でもなく、一連のテクストになるプロセスである。テクストの中には、私の（我々の）記憶にとどまるものもあるが、太陽の下に長時間放っておかれたページの活字のように、白くなって消えてしまうものもある。テクストの多くは複数の外国語に翻訳されている。つまりテクストは第一言語から別の言語に移されるわけである。時には、翻訳された本の表紙カバーに載っている著者の名前さえ、著者には判読できない。これに反して、私は「実在の」「肉体を持つ」「物質的な」存在で、「時間の中に存在する」運命にある。一時間ごとは大げさかもしれないが、一年ごとに年をとり続ける。一方で、もう一人の「JCO」は特定の年齢をもたず、精神的な本質においては、たぶん、理想主義の熱病とシニシズムの冷淡さの中間に永久にいる、早熟な十八歳のままである。それでもやはり、「JCO」というプロセスも年をとるのだろうか。このプロセスも衝動に駆られ、術策を講じ、惑星が、「本物の」惑星ならば、従わなければならない惑星の軌道があるように、執拗なトレーサーを持っているのだろうか。

だれも次のような明白な真実を信じたくないのである。「芸術家」はどんな個人にも宿ることができる。個人は「芸術」とは無関係であるからである。（では、「芸術」とは何か。目に見えない源から湧き上がり、論理とか因果関係といった原理原則にも従わず、無限の時間の中から疾駆してくる熱炎風である）。「ＪＣＯ」は時おり、私個人の歴史を揺さぶり、歪めもする。しかし、それはただ私の歴史が手近にあるからであり、ある特異性が「ＪＣＯ」の構想や象徴を表す奇妙な要素に適しているときだけである。もし仮に私の親友であるあなたが「ＪＣＯ」の作品に現れるようなことがあったとしても、恐がることはありません。私があなたのことだと分かっていないように、あなたもご自分のことだとは思わなくていいのです。

「ＪＣＯ」と私の関係を、感情的な意味において、敵対的なものと述べれば、誤解を招くだろう。「ＪＣＯ」は肉体を持たず、存在せず、どんな感情も持たないからである。「ＪＣＯ」と私は、両磁極が互いに反発するように、一方が他方に反発するという意味で、反磁性的と呼ぶほうがずっと相補的な定義と言える。それゆえ「ＪＣＯ」が私に影を落とすか、または、これはあまりないことであるが、私の意志の強さ次第では、私が「ＪＣＯ」に影を落とすこともある。

我々のうちどちらかが犠牲にならなければならないというのなら、それはいつも私であった。

こうして私の人生は数十年続いている……偶然、私と同じ名前と似たような顔をしている、あの目立つ別の人とはわずかたりとも結ばれないままに。私は彼女が入ってくる──「それが」入ってくる──ドアーにすぎないのは自明の事実であるが、ただどのドアーでもかまわない。壁が張り巡らされた庭に入るのに、どの入り口を使うかはそれほど大事なことだろうか。いったん中に入れば、ドアーを閉めてしまうのだから。

今回だけは「ＪＣＯ」ではなく、私がこれらのページを書いている。そう私は信じている。

謝　辞

「ニューヨーク州ナイアガラ郡　第七地区学校」の初稿は、違った形で *Washington Post Book World* (1997) に掲載。

「初恋——「ジャバウォッキ」から「林檎もぎの後」まで」の初稿は *American Poetry Review* (1999) に掲載。

「若い作家へ」の初稿は Frederick Busch 編 *Letters to a Young Writer* (1999) に掲載。

「走ることと書くこと」の初稿は *New York Times* (1999) に掲載。

「私には分からないどんな罪が……」の初稿は、違った形で *Where I've Been, and Where I'm Going: Essays, Reviews, and Prose* (1999) に掲載。

「失敗についての覚書」の初稿は *The Profane Art* (1973) に掲載。

「インスピレーション！」と「自己批判という不可解な芸術」の初稿は、違った形で *(Woman) Writer: Occasions and Opportunities* (1988) に掲載。

「作家として読む——職人としての芸術家」の初稿は Tom Bailey 編 *On Writing Short Stories* (2000) に掲載。

「作家の仕事場」の初稿は *American Poetry Review* (2003) に掲載。

「『ブロンド』の抱負――グレッグ・ジョンソンによるジョイス・キャロル・オーツへのインタヴュー」の初稿は *Prairie Schooner*（2002）に掲載。グレッグ・ジョンソンの許可を得て、二〇〇三年に再録。

「「JCO」と私」の初稿は *Antaeus*（1994）に掲載。

新版『悦楽の園』（二〇〇三）の「あとがき」

ニューヨーク州北部

エリー運河（ロックポート）

「「燃える」魂を見る勇気がありますか」エミリ・ディキンソンの詩の中でも最も謎に包まれ、たぶん最も個人的な詩の中の一つ（三六五番）の、このあざやかな出だしは、私にはいつも創作の情熱を表すための理想的な隠喩に思える。そのような「燃える」経験をするのは、それを理解することとは全く違うし、ましてやそれを抑制することではない。人は「霊感を受ける」。だが正確にはこれはどういうことだろう。霊感を受けると力がみなぎり、ぞくぞくし、魅了され、意気揚々とし、やがて疲労困憊する。だが他人のために、または自分自身のために創造したものの価値については、創作者は全く確信が持てないものである。特に、作家が若いときに熱にうなされたように書いた作品は、年月を経てみると、作家にもその起源ははっきりしない。若者の活力にあふれ、くじけず、恐れ知らずで、野心的な芸術作品が他者にどのように受け入れられるのだろう、などと自覚さえしていない。作家はみんな自分たちの初期の作品を、必ずしも心の底から感嘆するわけではないにしても、羨望の念でふり返るものである――あんなに短くしか生きていなかったのに、あの時自分にはなんと力が宿っていたのだろう！

と。

『悦楽の園』の初版は一九六五年から六六年にかけて書かれ、一九六七年に出版された。アメリカでは一般読者向けのペーパーバックで、もっと最近ではイギリスでヴィラゴ・「クラシック」として、ほとんどとぎれることなく出版されている。しかし、モダン・ライブラリー版の出版に備えて読み返していると、ある人々にとってモダン・ライブラリー版は最終段階の出版であるようだが、私は初版に不満を感じ、二〇〇二年の夏、新版に着手した。作曲家が彼自身楽器がぜんぜん弾けなくても音楽が浮かんでくるように、若い作家も自分が必ずしも書き上げられそうにない構想が見えてくるものかもしれない。どんなに深く何かを感じるからといって、それを正式な言葉に移し変えるための技能、力量、不屈の忍耐といった力を持ち合わせているということにはならない。二〇〇〇年、同種類のモダン・ライブラリー版の出版のために『かれら』（一九六九）を準備していたとき、その小説の数節を書き直し、別の数節を改訂し、あちこち削除し、整えたが、この『悦楽の園』でしたように、小説の約四分の三を書き直さなければならなかったほどの改訂の必要性は感じなかった。初版の『悦楽の園』を再検討しているとき、原作の語りの声は主要人物たちが抱えている複雑さを示唆するのには適していない、ましてやそれを喚起するにはさらに適切ではないと気がついた。我々は他者の中に複雑さを認めれば認めるほど、彼らにさらなる尊厳を授ける。カールトン、クララ、スワンのウォルポール家の人々は、執筆中の一九六五年から六六年には事実、私にとって虚構の人物以上の存在であったのに、彼ら特有の声をテキストの中に十分に吹き込ませていなかった。つまり、物語の声はあくまで作者の声の代わりであって、その声はあまりに頻繁に要約し、分析していて、私自身の人生の中で数々のエピソードのように鮮明であった風景を小説の中では生き生きと伝えていなかった。ウォルポール家の人々は頑固な人たちで、私が子供の頃、一九四〇年代から五〇年代にかけて、ニューヨーク州北部で経済的窮状にあった農村集落にいた人々に似ていた。子供時代、私はそこで彼らと共に育ち、彼らのことを知っていた。彼らは気まぐれで、何をしでかすか分からず、かたくなで、横柄で、自滅的で、独特の変わったしゃべり方をしていた。自分たちのことが第三者によって「話される」ことがあれば、憤慨するような人々だった。社会学の専門家ならウォルポール家の人々をある種の犠牲者と分析するかもしれないけれど、ウォルポール家の人々はきっとそんな風に自分たちのことを見下げたりしないだろうし、彼らのことを書き記す者として、私も彼らを単に犠牲者として描きたくはない。

一九六五年から六六年に『悦楽の園』の初版を書いていたときの感覚は、その一年後に『贅沢な人びと』を書いたときの経験と非常に似ていた。まるで自分の周囲にガソリンをまきちらし、マッチの火をつけると、めらめらと燃え上がった炎がなぜか小説の燃料であり、同時に小説そのものでもあった、といった感じだった。このような「燃える」経験は白昼夢のようなもので、想像力を使い果たし、すっかり魂を奪われ、疲れ果ててしまう。未来に生まれる小説は、ちらっと目をかすめる視覚的な生き物か巨大なモザイク模様のようなもの、すばやい速度で動く映画のようなものとして、ぱっと現れる。「見る」ことはできるが、その速度についていくことはできない。小説は眼前に夢のように開かれ、その中に引き込まれ、夢のどこかに参加しているが、単なる受身の傍観者ではない。二十歳代半ばの若い作家にとって『悦楽の園』の初版はあまりに速く、取りつかれたように書かれたので、今このようなことを言うとんでもなく聞こえるにちがいないが、「カールトン（Carleton）・ウォルポール」は部分的には私の父方の祖父カールトン（Carlton）・オーツをモデルにしたのかもしれない、とあの時は分からなかった。私は一度も会ったことがないが、私の祖父は暴力的で、しばしば口汚くののしるアルコール中毒者であったらしく、一九二〇年代初頭、ニューヨーク州ロックポートにいた自分の若い家族を捨て、家族は極貧に追い込まれた。だから私たち一家の間では彼の名前は決して口にされなかった。けれども、創造を生む源泉と仮定される「無意識の世界」の存在を信じるならば、私の無意識の世界では彼の存在は謎めいた重要性を既得していたのかもしれない、ということにも気づかなかった。なぜ人物の名前を「カールトン」にしたのかとたずねられても、その名前が適切な気がしたという以外に返答のしようがなかっただろう。(「カールトン」はケンタッキー州の山岳地方生まれの男によくある名前で、その祖先は前世紀にイギリスから移住した人々だと読者の方が以前に教えてくれたことがある)。「クララ」と「キャロリーナ」(私の母親の名前)が似ている点も、『見えない作家』というタイトルでグレッグ・ジョンソンが一九九八年に出版した私についての伝記の中で、私の家族に関する資料を読んだとき、やっとはっきりした。我々は他の人のことには水晶のように透視できるのに、自分のことについては、時に何とぼんやりして、見通せないのだろう!

もちろん、文学作品は巣のようなものである。想像した構想の中に作家の人生の固まりや断片を組み入れる、丹念に苦心して紡がれた言葉の巣である。それは鳥の巣が、窓の外にある世界から集めてきたあらゆる種類の材料を組み合わせ、元の土台に器用に編みこまれていくのに似ている。作家の多くの者にとって、創作はひょっとしたらホームシックを掻き立てては、そのホームシックを和らげようとする強烈な方法かもしれない。私たち作家は過ぎ去ったもの、過ぎ去りつつあるもの、そしてこの地上から間もなく消滅するものを記念するために、最も渇望して書く。ウィリアム・カーロス・ウィリアムズの次の詩行ほど、胸をしめつけられる言葉はいまだかつてない。ともどもに、人が送っている古い生活の一つが消えていく……。隠喩を使う動機、隠喩を創り出そうと何十年間も長い間私自身が努力してきた動機について、何か提言しなければならないなら、きっと次のように言えるだろう。小説とはとても受容力があり、柔軟性に富み、自由に実験が試みられるジャンルなので、たとえどんなにささやかで、取るに足りないように思えるものでも、小説が受け入れられないものは実際何一つない。『悦楽の園』は私の二番目の小説で、三番目の本であるが、最初の小説『転落のおののき』（一九六四）と同じように、「現実の」生活、風景、出来事をわずかに変更してはいるが、それらを無理やり詰め込んでいる。

季節労働者は、私が子供時代を送ったニューヨーク州北部の、ほとんどが果樹園と農地である ナイアガラ郡では特によく見かけられた。無表情な顔をした男たち、女たち、少年少女たち、子供たちがおんぼろバスに乗せられて田舎道をやってくるのを見ながら、私は彼らの生活はどのようなものだろうと思った。私は彼らの中に自分自身を置き、少女たちの姉妹としての自分を想像することができた。（私が見かけた季節労働者たちは圧倒的に白人だった）。私はミラーズポートの小さな家族農園で育った。なし、りんご、さくらんぼ、トマト、いちごといった作物は、どれも手でもがなければならなかった。（他に手で取るものには卵もあった）。運よく収穫するものがあれば、数ヶ月間は「収穫」に励んだ。だから、そんな農家の仕事にロマンスなどあろうはずがなく、ましてや、だれかが立ち止まって、一パイント、一クォーター、一ペック、一ブッシェル分の作物でいいから買ってくれないかと願いながら、間に合わせに作った作物売り台の前で、ただそのことだけ考えて道端に座り込んでいるような生活にロマンスなど生まれようがない、と私は断言できる。(資本家と消費者社会の中で、孤独で、その上、残酷なまでにあばかれる作家の立場に対処することを早い時期に教えたくれた日常であった!)『悦楽の園』を再読して驚いたのは、自分が作物を摘んだ実際の経験が相対的にほとんど含まれていないことであった。私が一番よくした摘み方、つまり果物の木にはしごを立てかけて、危なっかしく摘んだことがすっかり抜けていた。(危なっかしいというのは、両肩、両腕、首、両足が痛かったからだけでなく、落ちるかもしれないからだけでなく、ミツバチやハエのような昆虫に刺される格好の獲物にもなったからである)。

　初版のヴァンガード・プレスの編集者たちは、『悦楽の園』の人物たちが頻繁に吐く冒涜的で口汚い言葉に不快感を示し、特にクララの言葉使いには異議を唱えた。少女のときでも、クララの言葉はとてつもなく乱暴だからである。だが私にとっては、そのような言葉は多分に聞きなれたものだった。家の中よりも(だが、私の父フレデリック・オーツは小説の人物カールトンの性格をいくらか持ち合わせていて、上品な中流階級の英語を話す人間とはいえない）、外で大人や若者たちがそのような言葉を口にするのをよく耳にした。こんなことを認めるのは奇妙だけれども、私の小説によくある、登場人物の吐く乱暴な言葉は、私の郷愁的な真情を揺り動かすのである。経済的に全てを奪われた人々の世界に共通する、突然不機嫌になり、かっとして暴力をふるうことさえ、私には醜くも道徳的に不快なことでもなく、ただもっともだと思えるのである。そのような世界では、特に男たちは「男っぽく」「マッチョ的に」話し、ふるまう。（一九七八年以来、私が住んでいるニュージャージー州プリンストンの見るからに洗練された世界とは、何と異なることか。非常に異なる！　ここでは「ちえっ」や「ちくしょう」のような軽い冒涜語でも耳障りに聞こえる。この程度の言葉でも、カールトン・ウォルポールが強いリンゴ酒をジョッキからこぼしながらがぶがぶ飲むのと同じくらいに、ここでは場違いなのである）。できれば回想したくない出来事に懐かしさを感じるように、できれば実際にはもう生きたくない世界に人は郷愁を感じるのだろうか。クララ・ウォルポールが少しの間通った学校にとてもよく似ている、ミラーズポートにあった私が通った一教室学校を思い出すとき、胸を刺すような私の気持ちを分析することは難しい。私の知っている子供にあのような経験に耐えてほしいとは思わない。しかし、私はあの経験のない私自身の人生を想像することはできない。そしてもし中産階級の共同体社会で教育を受けるか、プリンストンのような最高に洗練された共同体社会で成長したなら、私はもっと小さな人間になっていただろうし、きっと今ほど複雑な人間にもならなかっただろうと思う。(ダーウィンが種の闘争、種の中の個人の闘争、「適者生存」の現象で意味した原則を私が最初に把握したのは、あの学校とみすぼらしい「運動場」においてであった)。私はカールトン・ウォルポールの家ほど貧しくも、あてもない家庭に育ったわけでもないが、そのような生活をしていた少女たちを知っていたし、その中の一人は子供時代と思春期の初めの頃、私の一番親しい友達であった。「虐待された人々」「虐待から逃れられた人々」といった言葉は現在では言い古された言葉であるが、『悦楽の園』の時代にはこのような言葉は存在しなかった。それどころか、ある環境では男たちが家族をぶっても、法律的にも道徳的にも非難に当たらないのが普通であった。性的嫌がらせ、性的いたずら、強姦もありふれたことだっただろうけれど、それらを定義する語彙は聞かれなかった。そのようなことが報告されることはまれで、警察が真面目に取り扱うことはさらにまれなことだった。『悦楽の園』はそのような世界を全面的にありのままに描いたものであるが、犠牲者についての小説というよりは、各個人が自分を確立し、「アメリカ人」になることについての小説であり、つまり、断じて犠牲者についての物語ではない。

『悦楽の園』は大まかな意味での三部作の中の最初の作品として想像されたもので、各作品は全く異なる社会階級を扱い、自分たちの運命に直面する若いアメリカ人たちに焦点を当てている。一九六〇年代に書いた短編小説では、社会的政治的なテーマを深く掘り下げることはめったにせず、その代わり、非常に内密で、感情的心理的な経験に焦点を当てているが、長編小説ではもっとスケールの大きな、はるかに野心的な風景を引き出したかった。私がモデルとしたのはバルザック、スタンダール、ディケンズ、フローベール、マン、フォークナーであった。一九六〇年代初頭、ミシガン州デトロイトに引っ越したとき——一九六七年七月の暴動の間ずっとデトロイトに住み、その後数ヶ月続いた市民を脅かす激しい緊張感の中に身を置いていた——小説を書くこととは、単に私的で家庭的以上であるべきであり、さらに、当時支配的であったナボコフ的言説に反し、非政治的で審美的以上でもあるべきだ、と私は電気に打たれたように信じた。私は自分の小説で、私の描く人物が個人としてかけがえがなく、なおかつ、彼らの世代と社会階級に属する他の多数の人たちを代表する人物として、彼らをありのままに描きたかった。(奇妙なことに、私はその時まだドライサーを読んでいなかった！　数十年後にやっと『アメリカの悲劇』と、もっと才能が発揮されている『シスター・キャリー』を読んだ。『シスター・キャリー』の立ち直りの早い主人公は、もしかしたらクララ・ウォルポールの年上のいとこといったところかもしれない)。初期の作品の舞台は、私自身が育ったニューヨーク州北部(「エリー郡」)を暗示する、ややシュールレアルで叙情的に創造されたアメリカの田舎(「エデン郡」)に置かれている。デトロイトに引っ越してきたのち、私は都市に住む個々の人々について書き始めたが、彼らの根っこにあるつながりは、私自身のものと同じ、田舎的なものかもしれない。私はスワン・ウォルポールに早くから奇妙な自己証明を図っていたようだ。というのも、このハムレットのような複雑な人物の具現は(「ハムレットのような」とは、当時まだ若かった作家としての私の想像性において、という意味である)、最初に出版された私の数編の短編の中の一つ、一九五九年に私がシラキュース大学の学生だったときに応募した『マドモワゼル』誌の短編小説選考で同時受賞作品となった作品「旧世界で」の中に、すでに現れているからである。『悦楽の園』のかなりの部分を書き直すことで、私はスワン・ウォルポールの人生を追体験し、スワンをある種私の別の自己「オールタ・エゴ」と見ている。もちろん私の場合は拒絶されなかったが、スワンにとって想像の人生は(本の価値が認められないような世界の中で、彼は本好きな子供である)、最終的には拒絶される。彼にとって想像の人生は、「救い」という言葉がメロドラマ的にすぎるのではなく、救い以上のものであった。スワンは燃え尽き、自己嫌悪に陥り、彼の一番本質的な自己がずっと否定されていたので、最後は自殺する。しかも、その「本当の自己」とは作家という自己、つまり文化的精神的な世界の探求者であっただろう。この若い青年が味わった経験は、アメリカという国そのものが一九七〇年代、八〇年代、九〇年代に拒絶したと思われるやり方、さらには道徳的に下落し、経済的にも倒壊している二十一世紀に入っても拒絶していると思われるやり方と並行することになるだろうとは、一九六五年から六六年の時点では私には知る由もなかった。二十一世紀において、この国の無垢はさらに失われ、国が掲げる理想と大言壮語的な展望とはかなり乖離している。［注　フローベールの有名な言葉、「ボヴァリー夫人とは私だ」にならえば］「スワンとは私だ！」（だが空想の中だけのことだ）。

＊＊＊＊＊＊＊＊＊

原作よりわずかに長いこの新版では、中心人物のカールトン、クララ、スワンは原作よりもっと直接的に提示されている。私の意図は、私が彼らの話を語るというより、読者に彼らの話を親密に、内面から経験してもらうことである。『贅沢な人びと』や『かれら』で駆使したような第一人称の文章や実験的な奇策はないけれども、ウォルポール家の人々は初版よりもっと頻繁に話すので、読者は彼らが何を考えているかをもっと知るようになる。長い説明文は短縮するか、または削除した。筋はほとんど変えていないし、新しい人物が登場するとか、元いた人物が姿を消すということもない。クララとスワンは原作のようなジグザグのコースをたどって、彼らの避けがたく変えがたい運命に向かう。カールトンは原作よりもっと速やかに、彼の性格によりふさわしい自決的な運命に進む。私がとても若かったとき、当初カールトンのことを思っていたよりも、新版の『悦楽の園』ではもっと英雄的な存在として認めている。クララにはもっと同情的になり、スワンは精神的な病にあって、もっと繊細で、不安定である。(スワンと私は不眠症の厄介になる点では同じであるが、他にはあまり共通点はない)。一九六五年から六六年当時は、私は老人ホームのことはほとんど知らなかったけれども、二〇〇二年の今、老いて病気に苦しんでいる私の両親がここ数年老人ホームに入って以来、私はそこのことは全て、知りすぎるくらい知っている。だから『悦楽の園』の結末部は、私にとってことのほか心が痛む。若い作家の予言とは、思い起こしてみると、何と冷酷なものだろう! 十分に書き、十分に長生きすれば、私たちの生活の大部分は既視感に包まれていることだろう。私たち自身も自分が創造したものと信じていた作中人物の亡霊のような存在となるのだろう。

改訂するにあたって努めたことは、『悦楽の園』を変更するのではなく、熱意にあふれる若い作家の散文の中に原作の人物を閉じ込めるのではなく、彼らをもっと明瞭に提示することであった。私には、彼らは今「復元された」映画の中の人物か、または研磨され、より鋭い焦点合わせの要求にかなったレンズを通して見た人物のように思える。変わらずあるのは、ウォルポール家の一代記、すなわち、「アメリカの叙事」を描くという私の当初の計画である。ウォルポール家によって劇的に描かれた社会的野心と社会的悲劇がたどる軌道は、一九六〇年代後半もそうであったように、二十一世紀とも関連していると私には思える。彼らが経験した悲劇は、昔に遡るのではなく、現在アメリカの社会階級間で広がりつつある格差によって、厳しく増大しているからである。持つものと持たざるものというのは、この大きな課題を説明するにはあまりに大まかな公式である。というのは、スワン・ウォルポールには分かっているように、持ちそして存在しないことは人間の魂を失ってしまうことだからである。

「ジョイス・キャロル・オーツと精神分析医の往復書簡」（一九七五）

デール・ボウスキー、ミシガン州トロイ

フロイトが文学の精神分析研究に魅了され、深い尊敬の念で彼自身その研究に取り組んだことは多くの真剣な作家の共鳴を呼び、精神分析医と創造的な作家は相互に関心のある問題に熱心に議論を交わした。その後の応用精神分析学の歴史は、不運にも時に物議をかもした。一つには作家と文学批評家の側に、精神分析の問題に関する大きな誤解があり、他方、精神分析医の側にも、純文学の作品を安易にぞんざいに扱ったという側面があったからである。

著名なアメリカ作家であるジョイス・キャロル・オーツがこれらのいくつかの問題を議論しているのを最近聞く機会があった。彼女の発言を聞いた後で、応用精神分析と文学の方法論に関連するいくつかの質問について彼女に手紙を書いた。彼女の返答は非常に刺激的なものであったので、これらは精神分析界で注目されてしかるべきであると結論を下したわけである。これら二通の注目すべき書簡の中のいくつかの段落の一貫性を強めるために、私自身のかなり長い手紙の中から、彼女の返答の脈絡を明解にすると思われる関連部分の抜粋を入れている。

一九七三年九月二十一日

拝啓　オーツ様

文学と精神分析に関する問題について、あなたの反応や解釈を始めていただくにあたって大事な点は、当初は奇抜であったがその後広く認められるようになった、一つの仮定を再検討することだと思います。私が言及しているのは、精神分析医があたかも作中人物が「実在の」人物であるかのように理解しようとするのは正当である、という考えです。この仮定には、精神分析医は作中人物の行動から彼の隠された動機づけについてある推論を下すことができ、ちょうど生きている人物を理解しようとするときのように、小説や短編小説のなかで順番に起こる出来事よりも以前にこの人物に起こった他の事柄についても推論を下すことができる、という点が含まれています。これら全ては、現代では旧聞のことのように思われています。少なくとも、精神分析に精通し、精神分析的見解に共感しているあなたのような作家にとっては。しかし、現実の人間をなんとか理解しようと努めるときのように、虚構の人物を取り扱うこの仮定には、多くのあいまいな領域、疑問点、そして誤解があります。そこで私は、私の疑問を例証するために、あなた自身の作品の一つを使うことによって、この問題をもっと具体的な言葉で論じることができるのではないかと考えたわけです。

［この手紙の後半では、様々な問題や質問を例証するための根拠として、オーツ氏の小説『かれら』〔注 *them*（一九六九）全米図書賞受賞〕を使い、彼女の反応を聞いてみた］。

敬具
デール・ボウスキー

一九七三年九月三十日

拝啓　ボウスキー博士

あなたの手紙は刺激的で、とても興味をそそられる質問にあふれています。答えを出す前に、あなたの手紙を何度も読み、その内容を頭の中にしっかり入れました。そうすることで、私は過去のある時期（『かれら』の執筆時）のことを再び考え、いわゆる「虚構と現実の相互作用」に関連する一種の仮説を、試験的にではありますが、組み立ててみました。私はフロイトの著書の数冊、特に、文学を論じている著書についてはよく知っていますが、フロイト理論や精神分析理論についてはきわめて一般的な知識しか持ち合わせていません。しかし、私が知る限りでは、今日、開業分析医は個々の患者と接する際に、素人が推測するよりはるかに自由に、ずっと臨機応変に対応しています。これは私の意見であり、また、ホイットマンの意見でもあるのですが、類まれな人間は、特に他人を「癒そう」とする人間は、話す内容、すなわち言語によってではなく、彼らの個性を手本として示すことによって治癒をもたらします。この点で、精神分析医は芸術家です。なぜなら、芸術作品の中であの最も魅惑的で、最も捉えがたいものである、人間の個性を創り出し、または創り出す手助けをするからです。それからその個性を世に解き放ち、それ以上は求めません。

精神分析医が「架空の」人物をまるで実在するかのように扱うのはもちろん適切なことです。通常は架空の名前を付けた人物に託していますが、真剣な作家は「本当の」経験と「本当の」感情のみ扱うからです。私は率直に言って、自分が経験したことのないことや、個人的に味わったことのない感情をだれかが書ける、あるいは書きたいと思うとは信じられません。創作は夢をはるかに意識化した形式であり、他の人の目にどんなにつまらなくて馬鹿げたようなことでも、人は自分に何の興味もない夢は見ません。だから、ある作家の作品に繰り返し出てくる「テーマ」や「プロット」はたびたび見る夢と類似した働きを持っているにちがいありません。あることが意識にあげられ、自我によって理解されることを要求していますが、何らかの理由で、自我が理解することに抵抗し、拒絶しているのです。だから人は矛盾をはらんだ同じ問題の夢を繰り返し見るべくして見るのです。そしてその問題を「解決する」まで人は問題から解放されません。私はヴァージニア・ウルフやサミュエル・ベケットの伝統よりもむしろ、例えば、ディケンズやドストエフスキーやスタンダールの伝統に属する作家ですので、私の人物が経験する、より大きな社会・政治・道徳との密接な関係にいつも関心を持っています。言い換えれば、私は人物の様々な苦闘、空想、異常な体験、希望などにおいて、我々の社会の縮図を代表しない人々について時間を割いて書こうとは思いません。しかし、もちろん私は「神経症」に関して異論もしくは一般的ではない理論を持っているかもしれません。神経症をよいものとは絶対に考えてはいませんが、私は（私の小説の人物においてと同じように、私の友人や学生に見られる）神経症というものを、強くなりすぎた個性がひどい閉塞状態に置かれたときや、あるいはあまりに拘束的で社会的な「役割」を課せられたときに感じる不安の兆候であり、正常で望ましい緊張と捉えています。それゆえ、私の小説では、苦しむ人々はまさしく、より高い人生を希求する人々であり、人生形態そのものが波乱にみちた人々なのです。我々の社会を代表し、人間としても私に大いに興味を抱かせてくれる個人を選び出すことによって、私はその見知らぬ個性に自分を没し、人々が「反社会的」とか「神経症的」とか呼ぶ行動が実際にはどのように、なぜ、そしてどのような結末に向かって作用するのか見ようと努めます。するとこれらの人々は、人生における役割、社会的身分、経済面、結婚、仕事、人生を諦観しているとこなど、彼らが置かれている現状よりも間違いなく優れていると私はいつも気づかされるのです。彼らは解放されなければなりません。彼らは成長する余地を持たなければなりません。もしそれを得られなければ、暴力的になるか、自暴自棄になるか、無関心になり、元の生活レベルに落ちてしまうのです。彼らは病気ではなく、正常です。成長すること、成長を続けることは正常なことで、人生のこの事実を考慮に入れない社会はいつも神経症に悩まされることになるでしょう。他方、明らかに十分に順応している人間、人生で手に入れる全てのもの、仕事、結婚、将来性に満足している人々は、彼の個人的成長の最終段階にきている人で、もはや苦労する必要はないでしょう（たまたま彼を動転させるようなことが起こらない限り）。だから、小説家としての私に興味を抱かせるのは不安な人々なのです。なぜなら、社会的な状況では、時おり襲う驚異や大変動からのみ新しい生活様式が出現するのと同じように、不安からのみより高次の個性が現れるからです。私の創作クラスの学生や学生助手をきめ細かく指導するとき（私は彼らが教えられるように「手助け」をしなければいけないらしいのですが、理想には手が届きません）、彼らの葛藤の領域に取り組ませ、見きわめさせ、それらの葛藤は彼らの特別な才能であり、彼らにだけ開かれた門戸であると捉えさせます。そして、これはいつもうまくいきます……今までのところは。もちろんそのようなセッティングでは人は判断を下せるからです。また、理解ある先生全員に協力してもらって、かなり神経質な学生に、教えることに対する彼の神経症的な恐怖心を普通の興奮ぐらいに捉え直させることで、必ずしも性格そのものとまではいかなくても、少なくとも行動において、徐々に変化が見られるようになります。

　しかしながら、アメリカの生活という激動する世界と取り組むとき、そのような直接的で直観的な手法はめったにうまく行きません。即座に、私たちは政治的、経済的構造の現実に直面します。その構造の影響がいかに再検討されても、構造それ自体はなくならないのです。だから、『かれら』においては、富裕社会の中で当然不可避に生じる貧困の結果を取り上げようと決めました。また、ウェブスターから引用したこの小説の題辞は、この小説を理解するための鍵の一つです。すなわち「我々は貧しいから、堕落するというのだろうか？」〔注　ジョン・ウェブスター（一五八〇—一六三四）の『白い悪魔』（一六一二）からの引用〕という点です。ウェブスターの文脈の中では「だろうか」は「ちがいない」の力を持っていました。我々は堕落せざるを得ないにちがいないのか？　と言い換えられます。しかし、私は詩的あいまいさを含む現代語法を好みます。ある人々にとっては、貧困だからといって必ず堕落するものではありません。しかし、多くのアメリカ人にとって——私は黒人の話をする資格があるとは思えないのですが、とりわけ明白な理由でアメリカの黒人にとって——貧困は、より高い経済レベルにいる人々の目には「反社会的」と思われる行動をとらせる属性だと断定できるのです。『かれは』は「かれら」、つまり、様々な理由によってアメリカ市民として失格とみなされている人々のことであり、多数の精神病患者、罪人、生活保護者、大勢の無力で無能な人々から成り、他人の負担になるがゆえに「かれら」としてひどく嫌われている人々についてのものです。

十五章のモーリーンの夢についてのあなたの質問はとても興味深いものです。モーリーンの夢には、彼女自身の個人的な境遇をはるかに超えた象徴的な意味合いを持たせたつもりです。「お金」の夢を見るということは、彼女の状況にある少女にとって非常に多くのことを意味するでしょう。つまり、お金は解決の鍵であり、まさに禁じられた秘密であり、極度の窮状から脱出できる方法なのです。彼女の母親は夫を家にとどめておくために、モーリーンにふしだらな行動をとるようそそのかしている、そして夫の気を引かそうとして、（もちろん、全く無意識に）娘を利用している、というあなたの解釈は全く正しいものです。それは間接的な誘惑であり、娘は何事においても母親を非難できず、そのようなことをすればどのようなことになるのかということを筋道立てて考えることさえできない、という意味において、なおさら不吉です。もしかしたら、このような八方塞がりの状態や似たような状況は、治療を受けている患者の過去にもあったのではないでしょうか……。しかし、過去はどうすることもできず過ぎているので、患者の記憶を患者の「現実」と照合する方法がない以上、精神分析医は明らかに不利な立場にあるわけです……。モーリーンの場合、個人としての尊厳は娘を「利用」しようとする母親の企てによって完全に冒涜されています。だから彼女は、兄が家を出ていってしまったように、幼稚にもまるで「お金」が自由を得る鍵であるかのように思い、なんとかして、どうあってもお金を獲得する以外には脱出する方法が見えないのです。

……もちろんそうなのです、少なくとも部分的には。

モーリーンは性的関係をただお金と、だれかから何かを得ることと結び付けて考えるようになるでしょう。だから彼女は男性との関係において、彼女が愛しているように思われる夫との関係においてさえ、(少なくとも長い間)不感症になる運命にあります。彼女の正常な愛の情動や性衝動は完全に断たれます。このことは彼女の性格から見て、私には当然のことのように思われるだけでなく、「競争文化」における病気の兆候として象徴的な意味で考えられなければならないものなのです。なぜなら、我々はいろいろな面で、人生の最高の理想は経済的優位を成し遂げることだと教え込まれているからです。だからもし我々がその理想を手に入れたいのなら、それを手に入れたがっている他人とも激しく競わなければならないのです。我々は友情を結べないし、自然な同胞愛を認めることができないのです。(例えば、ニクソン大統領は年棒一〇万ドル以上を稼いだ最初の女性の選手に個人的に祝電を送りました。このことは、悲しいまでに滑稽な点はさておき、わが国の指導者の何人かがお金に、純粋にお金に割り当てている価値を指し示しています。つまるところ、大統領は彼女が優秀な選手だから電話をしたわけではなかったのです)。『かれら』の中の貧しい人々や一般の貧しい人々が置かれている苦境の不幸な点は、裕福な人々が学ぶ明白な教訓――お金は何らかの自由を意味するかもしれないが、決して幸福を保証するものではない――ということを決して学べないということです。

夢とモーリーンと義父の緊張関係について言えば、彼女と同じ年頃の少女が、たとえ肉体的には見栄えのしない男でも(実際は、彼は醜いのではなく、かなり粗野なだけなのです)、狭い家で一緒に閉じこもったような生活していると、彼女自身がその男に性的刺激を感じ始めるかもしれないということは、私にはごく自然のように思われます。少女が自分の近くにいる男たち、教師、牧師、一般に年上の男たちに空想を抱くのはごくありふれたことでしょう。しかし、これらの空想が万一現実と直面するようなら、少女の成長にとっては悲惨なことになるでしょう。あらゆる種類の空想は正常であると私は確固として信じています――もし正常でなければ、なぜ空想が生まれるでしょうか。しかし、内面と「外面」の間には明確な一線が引かれなければならないとも信じています。大抵の人はこの一線をたやすく引きます。事実よくあることですが、空想家は自分の空想が実現することを本当は望んでいません。説明しがたい何らかの理由で、空想はただ空想としてあってほしいのです。あるいは、若い女性（もしかしたら若い男性もそうでしょうか……）は、肉体的な意味での男性自身よりも、自分より年上のその男性の中にある資質――彼の自由、明らかにある知恵、知識と豊富な経験――を自分の物にしたいのかもしれません。私たちもみんな実際そうだと思うのですが、私の人物は総じて、彼らの中にある「より高次の」自己を開放させてくれる人々と恋に落ちます。恋愛の相手は、その個人の成長を明らかに決定するでしょう。もし恋愛の相手がその個人自身の人間性よりなぜか劣っているならば（文学の好例としては、プルーストのスワンと耐え難いオデットです）、またはモーリーンの場合なら、我慢できない監禁生活から彼女が逃れる手段としてのみ相手を「利用した」のなら、その個人の人間性の自然な成長は損なわれます。このようなことを理解するのは何とたやすく、しかしいつも現実の生活に当てはめて行動するのは何と難しいことでしょう！　というのは、そもそも人物や患者の問題となっているのは、強迫性や神経症の頑迷さであり、作家や分析医はこの頑迷さと格闘しなければならないからです。道理にかなった指示は全く、もしくはほとんど効き目がないということがすぐに明らかになります。無意識の世界には非常に高揚とした頑迷さがあり、時々その頑迷さは無意識を取り払おうとする全ての企てを妨害します。そのような場合……時おり、私は自分の小説の中で、通常本筋をそれて、あまり重要でない人物にそのような企てをしてみます……そのような場合、その人間はおそらく、その場しのぎの努力をいくらしても対処できない、解決し得ない、もっと大きな問題の犠牲者であると考えるのが妥当です。（このような例として、大都市に住む独身女性の「被害妄想」、ヒトラーのドイツ形成期にいた恐怖におののく神経過敏な人々の「被害妄想」（この被害妄想は、恐怖に閉じこもらせたために、確かに多くの人々をより長く生きさせたのです）、仮に治っても、最初の段階で問題の原因となった家族や社会環境に連れ戻らされるしかない人々の「緊張症」や「ヒステリー症」があります。直接、面と向かわずに、きわめて巧妙に、他人を文字どおり狂わせることができる――たぶんもうすでに狂わせているでしょう！――そのような人々を私は個人的によく知っています。しかも、このような人たち自身は全く正常で、正気で、感じがよく見えるので、若い人たちや比較的気の弱い人たちはそのような人たちに向かって自分を主張するのは非常に難しいのです）。小説家は、昔風に言えばいわゆる「原罪」を負わされているけれども、それから解放される公平なチャンスを持っている人々をほとんど不変的に取り上げます。フォークナーの作品に総じて感じられる暗さは、彼が我々に何度も語っているように、南部におけるどうしようもない白人と黒人の間の事情や、彼の目には許し難い奴隷制度の罪から生まれたものです。わが国がヴェトナムへ介入することによって、最近悪化したアメリカの歴史上の「有罪」を私も認識しているという点で、私はフォークナーのそれと類似した主題を扱っています。しかし、私は彼の全体にある悲観主義を共有することはできません――常に、歴史の間隙に、種々の疫病や百年戦争や宗教裁判の間にも、生命力は必ず生き続け、恐らくは永遠に生き続けるでしょう。それゆえ、生命力を探し求め、燃え立たせ、それが成長する余地を与えようと努める人々――医学界の人々、多様な学派のある心理学界その他の人々――と私は見解を同じくします。過去の宗教指導者が抱えていた多くの重荷を引継ぎ、社会の心理的安寧を推し測ることが不可能な点において決定を下すことに寄与するのは、先に述べた人々であると私は信じています。そしてこれらの人々は、社会のうわべだけの自我の理想（お金、「成功」、地位、等々）に反対し、あるいはそれから自立して、どんどんその進むべき道を押し進めていかなければならないでしょう。

……しかし、劇的に言うつもりはないのですが、精神科医や精神分析医や、彼らほどではないにしても内科医自身も、自分自身の安寧においてきわめて危険な分野で働いていると私は本能的に感じるのです。小説家として、私は自分の人物の感情的な惨めさに誉れを持たそうとして、時には彼らと共にずっと苦しみます。しかし、彼らの苦悩がたとえ現実の生活を代表していても、彼らは芸術作品の中の人物であると私はいつも十分承知しています。ところが「治療者」は、彼の患者が現実の、まさに現実の存在であると当然分っています。ですから、治療者はフロイトが（かなり自信を持った言葉で――フロイトにしては異常なくらい自信を持って）語った、あの矯正作業にいつも従事する立場にいるわけです。そしてその作業は時々、明らかに患者の埋もれた願望に対して取られます（というのも、苦しむ人々のほとんどが、彼らに一つの自己証明を与えてくれる自分たちの困難をあまり「楽しんで」いないと言えるでしょうか）。そして「治療者」は、実に神聖な気持ちで受け入れ、絶対にうまく行かせるつもりなら、神経症患者の問題、患者の意識に自分を同化させなければならない……のではないでしょうか。そのような作業にとって自我は、創作においてと同様に、確かに捨て置かなければなりません。しかし重要な違いは、意識的な芸術家、プロフェショナルな作家はいつも「治療」の進行を決定し、一歩ずつ、全く文字どおり出口を例証しながら、「治癒」への方法を示すことができます。一方、たくさんの個人を同時に扱う「療法士」は、何が起こるか事前に確かめられるはずがないのではないでしょうか……。たぶん私は自分がおそらく果たすことができない分野に関わっている人々に純粋に畏敬の念を持っているのでしょう……。実際にはその件に関して多数の文献があることでしょう。しかし、人間の基本的な神話の一つは、救済者の神話です。救済者の神話とは、他人の罪を自分のものとして引き受け、自我を殺し、もしかしたら現実においても死ななければならないものです——常に彼自身の寛大さから、そして人間の意志や意識的な精神が耐えられることを彼の理想主義が誤算して、そうするのです。この神話は人類にとってきわめて根幹的なものと思われますので、宗教以外でもつながりを持ち、繰り返し実践されているにちがいありません。

モーリーンの夢についてあなたが言ったことは全て真実です。そのような貴重な真実の指摘は「神経症」の私的な領域を例証するのに役立ちます。ですが問題は次の点にあるのです。変わることができるという個人の能力を超えた、ある耐え難い葛藤の兆候を正しく解釈し、患者に彼の「神経症」は彼の文化に生来的にあるものであると分からせたとしても、療法士は何をしたらいいのでしょうか……。ついでながら、教師はたえずこの問題にぶつかります。だから我々はある程度の距離を置くこと、外面的にその文化が提供しているものをきっぱり排除し、個人としての自我が成長するある領域を認めなければなりません。『かれら』において、私は本当に真剣に、東洋宗教によってわが国の文化が変容される可能性を取り上げています。アメリカがモーリーンやジュールズに教えることとは逆に、「我々はみんな一つの家族のメンバーである」と教えるインドの僧侶の「神秘主義」を取り入れることによって、少なくともその可能性を示しました。もし今日人々が悲惨であるならば、人々は自分たちに課せられた歴史的な役割にあまりに深く自己を結び付けているからにちがいありません。そこで私の小説では、地域的、個人的、家族決定論的、政治的、偶然的なものは、反歴史的なものと一体化することによって超越できるはずである、ということを示そうと努めています。(多くのアメリカの作家はこうすると私は信じています——超越とは通常、自然との一体感や興味を通して、時には政治活動を通して、時には直接に「宗教の」帰依を通して成されます……。閉所恐怖症的な自我の役割から個人を取り戻すほとんどの活動を私は「宗教的」と解釈しますので、漠然とは「宗教的」な作家だと思います。慣例的な意味では全く違いますから、私は「宗教作家」とは決して呼ばれたくありません!)私自身の理解が全く及ばない方法で、欧米では意識の変容が徐々に進んでいくだろうと私は確信しています。また、おそらく神経症患者の症状にはよくあることですが、「問題」は決して解決されるのではなく、ただ個人の方が成長してその問題を脱し、忘れていくのだろうとも確信しています。そして新たな問題が発生するのでしょう——メロドラマのように生きていくのが我々の特権なのですから。

私は自分の考えをおもうがままにめぐらせましたが、いろいろな逸脱が紛らわしいものであるより、何かを照らし出せるものであることを望みます。私は自分の基本的な方法論として、様々な考えが浮かび、花開き、しぼみ、再び現れるにまかせ、最終的には全ての展開を幾つかの主要な主旋律に向かわせるよう指揮するドビュッシーと他の印象派の技法を利用します……。この技法は小説や詩には適していませんが、隠蔽したり、注意深く体系づけたりするより、むしろ人々に何かをはっと気づかせてくれる会話的で、形式的でない設定では、時には有効です。

敬具

ジョイス・キャロル・オーツ

一九七三年十月二十七日

拝啓　オーツ様

[次の手紙で私はオーツ氏に以下の質問に答えてくれるようにお願いした]。

ある著者の作品に繰り返し出てくるテーマについての研究に精神分析学が貢献できると感じておられるなら、分析医に対する文学上の注意、予防策、指示、警告がおありでしょうか。真剣な文学作品をエディプス＝コンプレックスの「発見」におとしめる「分析医」への警告は明らかな一例でしょう。文学作品に応用され、特にしばしば見られる精神分析学上の間違いにあなた自身閉口されたことがありますか。

現実の患者について架空の過去を再構築しようとする分析医と、「架空の」人物にとって「本当の」過去を創造する小説家の間にある比較をあなたが引き出してくれたおかげで、明瞭な区別が発見できたと思います。小説家は自分の人物の過去を「再現する」方法について何らかの考えをお持ちではないかと思うのですが、いかがですか。

人物を本物だと「感じる」深さにまでその人物にのめり込む一方で、一歩退いて観察することができるという独特のバランスをとることに支障をきたしたがために、ある作家は人物を生き生きと創り出せていないという考えにあなたも同感されますか。作家が感情移入をするという失敗をしたがために、創作開始の時点から欠陥を持っている作品の人物例をご存知ですか。微妙な失敗はひどい奇怪よりずっと興味深いと思われるのですが……。

敬具

デール・ボウスキー

一九七三年十一月五日

拝啓　ボウスキー博士

作家は、他のだれとも同じように、種々の段階の意識や成熟を表します。ストリンドベリのような作家に精神分析を取り入れるのは全く妥当でしょう（もちろん、ストリンドベリの怒りや困惑や偏見は、彼の社会、彼の文明にも類似したものがあったのですが）。ドストエフスキーに関しては、精神分析的アプローチは部分的にしか当てはまりません。おそらく世界で傑出した作品だと私が思う『カラマーゾフの兄弟』に関して、フロイトはもちろん主に父親の殺害を論じています。（非常に高い精神的意識を表している）アリョーシャとゾシマ長老ではなく、まるでミーチャが小説の主人公であるかのように論じているのです。精神病理学に限定している精神分析派の批評家は、彼らの訴えや価値をより大きな一般社会に制限します。というのは、総括的に捉えれば、全文化のものとなる小さい、私的な、明らかに「孤立した」神経症をいかにして超越できるかを知る必要があるからです……。もちろんこのやり方は精神分析医を間違った方向に向かわせます。作家や詩人は、「実践」に明らかな制限を持ちませんので、例えば、（わが国の偉大な小説であるメルヴィルの『白鯨』の中の）エイハブ船長のような偏執狂を取り上げ、冷静で知的な語り手イシュメイルの視点から寓意的に探求し、アメリカ全体の生活「様式」――自由企業、自然と人間による容赦ない搾取、競争文化のファウスト的な利己的倫理観――に対して判決を申し渡すことができます。しかし、もし仮に万一エイハブがある分析医の待合室に現れるようなことがあれば、あるとすれば実に滑稽ですが、分析医はきっと彼を一個人として扱わなければならないでしょう。それゆえ、文学に取り組む分析医に対する警告云々というあなたの質問の答えとして、私は次の事実を強調したいのです。自分自身のことしか、あるいはきわめて閉所恐怖症的な制約された世界しか書かない作家はごくごくまれにしかいません。一つには、この種の作品はめったに出版されません。(私自身もたまに編集の仕事をしていると、そのような作品に出会います。それらはどこから見ても芸術とみなせるほど、決して、めったに成熟していません)。ジャン・ジュネの作品でさえ(彼の劇作の能力はかなりのものですが、私は作家としてのジュネを他の人たちが評価するほどは評価できません)、単に病理以上のものです。病理的にすぎないものは絶対に出版されません。だから分析医は目の前にある作品は社会、宗教、文化、哲学、あるいはその主題を全く超えた何か、の批評であるという確固とした前提のもとで進めなければなりません。カラマーゾフの家族はロシアの全てです。『罪と罰』の中のラスコーリニコフは、二人の女性の殺害者であると同様に、ドストエフスキーが有害な「西洋の」無神論的考えとみなしたものの犠牲者です。多元的な研究は作家の実際の想像力により近づけるだけでなく、他の人々に読まれる批評として大いにより価値があります。

共感と感情移入の区別についてのあなたの発言はとても興味深いものです。確かにあなたのおっしゃる通りです。感傷的な哀れみは治療的共感とは正反対のものですし、たぶんそれ自体一種の過度の放縦と言えるでしょう。作家は、分析医と同じように、自分の人物のだれでも、特に男性主人公や女性主人公に対しては客観性を失うほど決して深く関わってはいけないのです。そして、もちろん我々は自分自身のことを客観的に見なければいけません。例えば、私は若かったときほど「自我」というものをあまり重んじません。自己の中の私的な利己心、個人として名づけられ所有される自我は、もちろん全ての経験を導いたり媒介したりする一方で、結局のところは、どうしても真面目に受け止めることはできないものです。だから、私は事実のところ内面と外面に存在するのですから、できうる限り私の人物の内面と外面の両面に存在します。(明らかに、情緒はあまりにしばしば我々を自分の世界に引きこもらせますが、もし我々が自分の心の動きに関心があるなら、そのような情緒的な引きこもりはいつも一時的である、ということを知っているという強みがあるわけです。つまり、我々は憂うつを人生の永続的な事実だなどと間違えたりしません)。作家や分析医が彼の人物や患者に接する方法は、D・H・ロレンスの方法と似たようなものでなければなりません。ロレンスが言うように、病人と苦しみを分かち合うために、彼らが自分の病気の不平を言うのに付き合ったり、病気に感染したりしては、病気を治すことはできません。この共感的な「病気の感染」は作家にとって本当に危険なものです。自分の悪魔的な強迫観念を客観視しながら、なぜか幾度も幾度もその強迫観念に心奪われ、共存し続け、ついには無意識によってではなく（ほとんどの人々は無意識にそうなると私は思います）、彼ら自身のうわべは客観性を装う芸術によって自己を失ってしまった芸術家の名前を長々とリストに挙げることができます。シルヴィア・プラス、ジョン・ベリマン、ユージン・オニール、マルコム・ローリー、シェリー、（他の人たちが屈したほどではありませんが）バイロン、画家のジヤック・ポロック、ロスコ、ダダイストたち（彼らのほとんど全員です。多くは自殺するか発狂しました）……。フォークナーは、明らかにアルコール中毒であったけれども、私的な苦い悲観主義の繭から何とかもがきながら脱出しました。一人娘の死で陥った抑うつをより大きな、当然根拠のある「憂うつ」、すなわち知的な南部人であればアメリカ南部にいて感じる「憂うつ」と結びつけて、自分の抑うつを追い払ったのです。フォークナーは文化の問題をある種の命綱としてつかんだにちがいありません。彼は人生の後半をいわば文学の使者として過ごし、方々を旅行し、講演や演説等を行い、数編の小説（『墓地への侵入者』『寓話』）を書いたわけですから、この文化の問題は彼にとって本当にうまくいったのです。『墓地への侵入者』や『寓話』は初期の作品ほど審美的に心引かれるものではないにしても、より大きな世界的問題について意見を述べていて、別人、別の個性によって書かれたかもしれないと思われるほどです……。作家の救いは、もしかしたら、彼の個人的な困惑や失望や精神的衝撃についての適切な表現を、客観的世界の中で捜し求める程度によって決定されるのかもしれません。もし作家が過去を追い払って最初の作品で成功を収めるなら、健全な芸術家になる途上にあります(このために、かなり多くの処女作はあからさまに自伝的なのです)。ジョイスの『ダブリン市民』と『若い芸術家の肖像』は非常に抑圧的な、病理学的に見ても抑圧的な世界を描いているので、主題はかなり厳しいものですが、歓喜に満ちた解放の作品です。しかしながら、ユージン・オニールは何度も何度も、同じ劇を書きました……。彼はノーベル賞を受賞しましたが(今では、ノーベル賞委員会が選んだ戸惑いを感じさせる選出の一つのように思われます)、彼は自分の家族への青春期の苦い愛着から脱して、何とか自分の道を切り開こうとは決してしなかったのです。幸運にも、彼の家族は当時のアメリカ社会のまさに現実の問題を象徴していたのです。今では、彼の劇は文学史上あったというだけの廃れたもののように思われます。

非常に率直に言って、私は世界に対して過去への失望や非常な怒りに駆られる作家ではありません。もし仮に私が「怒っている」というのなら、不運な経済情勢の中で(なかでも三〇年代の大恐慌）、非常に知的で、感性と創造性に富んだ私の両親が彼らの才能を伸ばす可能性を否定されたという理由からです。しかし、この地上に住んでいる人間のほとんどが自己達成を許されていないという認識に立つと、この「怒り」を持ち続けることはできません……。だから私は、おそらくは現在書いている数少ないアメリカ作家の一人であり、書くことを、自分の考えを表現することを許されていることは言うまでもなく、「存在している」というまさにその事実にこの上なく感謝しています……。私は現代社会をプラトン的な理想になぞらえることは決してしません。プラトン的な理想はある人々が犯す誤りであり、彼らを孤立させ、冷笑的にさせるものだと思います。わが国の「ブラックユーモア作家」のほとんどがそうなったように。もしかしたら、私の全ての小説の基礎にあるのは、文明は怒りで攻撃されるよりむしろ保護され、はぐくまれなければならないという感覚です。なぜなら文明といったものは、文明そのものが持つまさに最悪の、最も危険な側面を知らなければ、持ちこたえられないと私には思えるからです。

あなたの質問である、芸術家の「……欠陥を持っている小説上の人物」には、T・S・エリオットの詩に出てくるほとんど全ての女性の声や人物、シルヴィア・プラスの「男性」（私は故意にこの言葉に引用符をつけています）、ナボコフの作品に出てくるほとんど全てのアメリカ人が含まれるでしょう。

小説家はどのようにして人物を創り出すことに取りかかるのかというあなたの質問を最後に残していました（我々は部分的には経験の総決算であるわけですから、これは人物の過去を再構築するのと同じことです）。さて、何といえばいいのかよく分からないのです。私は何でも、プロットや事件の成り行きでさえ、決して理性的に、論理的に、一歩ずつというようには創作しません。そのようにすると、いつもすぐに作品に興味を失い、作品の出来具合はあまりよくありません。事実私の小説『ワンダーランド』で、予定した構成、つまり孤立したエゴという一種のアメリカの悲劇に従わせたくて、最初の結末を全く故意に強引にもっていきました。これは本当の結末ではないと察知しましたが、ともかく書きました。あれは私の小説の中で、出版後私を悩ませた唯一の小説です――私はその結末について考え続け、しつこく悩まされました。それで（全く異なる、はるかに自由で幸福な人々についての）次の小説の途中で、『ワンダーランド』に戻って、本当の別の結末を書かなければなりませんでした。私がしなければならなかったと言うとき、誇張して言っているのではありません。私はある種の曲解した、誤った恐怖を世界に放ってしまったと感じたのです。私の作品を読む人はほとんどいないと思っていましたので、それまでであればそんなことは私を悩ませたりはしなかったでしょう。しかし、今は毎日、時には一回の朝だけで八通から一〇通（！！！）の手紙を受け取ります。それに『ワンダーランド』に関する手紙の性質は、真実を提示すること、少なくとも故意に何も曲解しないこと、という我々が互いに持っている直接的で道徳的なつながりを非常にはっきりと読み取ることができるようなものでした。ですから、一般読者にどのように影響を与えたかについて実際に書かれた文書を受け取らない他の作家よりは、私は人々との心理的つながりをより自覚しています。この結果、どんなに理性的で「審美的な」方法でも、自分が書くことを決して曲げてはいけないと実感するようになりました。たとえ自我にとって奇妙でいやなことでも、私のより深い自己を誠実に表現しなければならないのです……。しかし、芸術家は彼の芸術の創作にどのように取りかかるのか。それはやはり謎です。我々自身分かりません——我々の心臓はいかに、なぜ鼓動するのか、なぜかすり傷ができれば、血液は凝固するものと決まっているのか、なぜ酸素はかくも快適に、かくも安価に我々を住まわせてくれているのか、などが分からないのと同じように。芸術家が彼らの創造性について語る説明は、信じられないことはないにしても、いつも人々を失望させます。究極的にはなぜだか分からないから、無数にある個性の可能性から、ある一つの個性が優勢になり、ある資質が表面に現れ、活性化されるのです。(「癒し」に向かう衝動を人間の全ての衝動の中で最も高次のもの、おそらく人類の中で最初の、本当に人間的な衝動だと私は信じています。こう考えると、医者、様々な意味での「治療」、宗教指導者、心霊家などに私が関心を抱く説明がつきます)。私は世界に魅了されているから、書くのです。そして世界について書くと、それを二重に経験することになります――最初は感覚を通して、それから文書で。そして、もちろん現状より一、二歩先の世界を捉えることができます――未来を少し予見しようと試みながら。めったにうまく行かないのですが、私は自分の夢に出てくる心を乱す内容や人物に抵抗しないように努めます。私が眠っているとき、私の自我の残されているもの全ては、私が眠っているという認識を持ち続けようとする、だから無意識によって引き出された夢の人物から逃げてはいけないのです。夢の人物はただなんとか我々を助けようと出現しているのだから、そのような表象を避けたり、否定してはいけないと私は信じています。しかし、もちろん人は眠っているとき、そのようは原則を心に留めておくことは難しい……。しかしながら、私は目覚めたらすぐに、夢を思い出し、時には不快な夢であっても、それを再体験しようとします。(ありがたいことに、私はめったに悪夢を見ません)。創作でも私はこれと全く同じ方法で進めます。何ごとも否定したり、和らげたり、恐れてはいけないのです。全ては受け入れられなければならないのです。無意識の絶え間ない収縮によって、無意識は自我よりもより賢く、より年令を重ねていて、より危険で、より特異で、より寛大で、より治癒力があることを知ることで、理想的な芸術家は人生のうわべの矛盾を統合し、人生をとぎれのない統一として経験できればと願うのです。

敬具

ジョイス・キャロル・オーツ

訳者あとがき

四十年にもわたって旺盛な執筆活動を続けているジョイス・キャロル・オーツのような作家の執筆生活やその信条は、我々の知りたいところである。ここに選んだ『作家の信念――人生、仕事、芸術――』（二〇〇三）、「新版『悦楽の園』（二〇〇三）の「あとがき」」、「ジョイス・キャロル・オーツと精神分析医の往復書簡」（一九七五）はそうした作家の孤独な書く生活、たゆまぬ技術の練磨、書くことへの飽くなき欲求、無意識の世界や夢への信頼、などが論述されている。

『作家の信念』を翻訳するきっかけとなったのは実は、十年ほど前に読んだ「ジョイス・キャロル・オーツと精神分析医の往復書簡」であった。そこにあった「何ごとも否定したり、和らげたり、恐れてはいけないのです。全ては受け入れられなければならないのです」の言葉は衝撃的だった。おそらくオーツの世界観・文明観の根幹だろうと思う。『作家の信念』を読み進んでいると、先の言葉が思い出され、当たり前のことであろうが、作家は変わらないのだと改めて感じた。と同時に、二十五年以上も前にこの世界観を持っていたところにオーツの凄みがあり、オーツが書き続けている力の源泉があるのだろう、とも思った（オーツはいつも時代を三十年は先を行っている。つまり、我々の方が遅れている。彼女はもう暴力はそれほど描かず、人々のつながりや家族の絆を願い、白人と黒人の soul mate の関係を提唱している。短編集 *The Assignation*（一九八八）は転機となった作品で、清新なオーツに出会える。この作品からユーモアさえ出てきている）。

「新版『悦楽の園』（二〇〇三）の「あとがき」」は、技術の向上をたえず求め、妥協しない作家にしかできない、そのことを実践した小説についての付記である。一九六七年の発行以来、アメリカとイギリスでも名作としてずっと出版され、権威あるモダン・ライブラリー版として新たに出版されるというのに、初版の四分の三を書き直した理由が「あとがき」に明かされている。（二〇〇三年、プリンストン大学の彼女の研究室で初めてオーツ氏に面会したとき、新版だといってこの本をいただいたとき不思議に思い、旅の途中で「あとがき」を読んだ）。このような意味で、この三編は個人的にもつながりを持っている。

『作家の信念』は創作にとっての重要な主題――インスピレーション、記憶、自己批判、無意識の力、先駆者に対する敬意、失敗論等――について、自分の信じるところを力強く、かつオーツらしく直截に論じている。この本の主要な部分である「作家として読む――職人としての芸術家」は、E・ショウォールタの『姉妹の選択』にあるオーツの言葉が示唆するように、ハロルド・ブルームの唱えた「影響の不安」に対する正式の反論の論文のようにも読める。この章では一箇所だけ「影響」と引用符をつけているが、影響以上にこの本全体にどれほど多くの作家、詩人などの芸術家への共感や敬意が見られることか。世界の文学を幅広く読んでいることに加えて、哲学、心理学、医学など多方面に精通している博学さも、創作や文学の理解に厚みと信ぴょう性をもたらしている。また「若い作家へ」は、プリンストン大学の創作コースで長年、非常に熱心に学生を指導していることで知られる、教師としてのオーツの別の一面である。これは作家育成のための真摯な励ましのメッセージである。（訳者の知るところでは、オーツの教え子であるプリンストン大学出身のデイヴィッド・チャクルースキー（David Czuchlewski）が『詩神たちの館』（*The Muse Asylum*, 二〇〇二）で作家デビューしている）。「初恋――「ジャバウォッキ」から「林檎もぎの後」まで」では、『不思議の国のアリス』と『鏡の国のアリス』の出会いを初恋と呼んでいるように、アリスの世界との出会いが作家オーツの誕生を決定づけたことが分かる。環境決定論・因果論的な逃げ場のない世界を描いても、どこかにうっすら漂うシューレアルな雰囲気や、傷ついた少女が最後は家に連れ戻される不思議も、アリスのシューレアルな不思議の国からの影響かもしれない。オーツとアリスの強い結びつきを画家 Dallas Piotrowski が giclee print という新技法で "Wonderland" (2004) として描いた。これは二人のクリエイティヴな芸術家の絶妙なコラバレーションだと思い、訳者がピオトロフスキーさんの許可を得て口絵として加えた。『作家の信念』には、日本ではあまり知られていない作家の名前が出てくるが、調べてみると、実際は大きな賞を受賞したり、才能ある作家や詩人としてアメリカでは認められている人々だと分かった。ちなみに、村上春樹氏によって近頃作品が完訳されたレイモンド・カーヴァーは、一九八〇年から八三年までシラキュース大学の創作コースで教えていたというゆかりを感じてか、オーツはカーヴァーをよく引用している。

「ジョイス・キャロル・オーツと精神分析医の往復書簡」では、人間の心とそれを取りまく社会との関係へのオーツの精神分析学的関心と洞察、無意識の世界や夢の現象への傾倒が言明されている。初期の短編の顕著な特徴である、どれも同じように思えるほど繰り返し描かれている、特に被害者としての若い女性の心理というテーマ性を理解するのに役立つかもしれない。

二〇〇六年、オーツの母校であるシラキュース大学にあるJoyce Carol Oates Archiveをオーツの許可を得て二度目に訪れたとき、オーツの公的秘書であり、図書館全体の原稿保管責任者であるKathleen Manwaring女史の案内で、アーカイヴにある資料や原稿の実物を見せてもらった。それはもう膨大な量であった。いろいろな種類の紙、大小の紙の両面にびっしり手書きで書かれたメモ、文章、書くのが癖なのか所々にある微笑ましい自画像らしき絵、タイプで几帳面に打った段階での原稿を、あるところは切り取り、別のところには丁寧に貼り付けている……。自分のことについては淡々と書かれている創作の実態――周到な準備、格闘と推敲のあと――を見て寒気がしたほどだった。Greg Johnsonはオーツの執筆活動に重点を置いた伝記*Invisible Writer*（DUTTON, 一九九八）を書くため、アーカイヴを訪れ、そこにある資料の山を見て唖然としたと言っていた、と二〇〇六年、シラキュース大学で行われた創作コースの学生対象の小レクチャーで、オーツ自身が明かしていた。多作の作家と人々は揶揄するけれど、「多作」のレッテルは不当である、と言ったキャスリーン女史の意見に同感である。

この本を翻訳するにあたって、次の方々に大変にお世話になった。Prof. Joyce Carol Oatesの万事に速やかな返事と細やかなご配慮に、また快く出版の許可を認めてくださったDr.

Dale Boesky と Ms. Dallas Piotrowski のご厚意に、深く感謝を申し上げたい。Ms. Kathleen Wanwarings 女史には格別にお世話になった。二〇〇三年に一度会っただけであったのに、翻訳にあたって不明な点を教えていただけないだろうかという私の頼みに即座に快諾して下さった。私は予想もしていなかったが、十日間午前中いっぱいとご自分で時間を決めて、時には午後も、全く労をいとわずとても献身的に説明をしてくださった。時にはオーツの文学について熱い講義を聴いているようでもあった。元来、文学をこよなく愛する真の読み手であられて、オーツの文学のよき理解者でもある。キャスリーンさんに出会って、改めてアメリカ人の懐の深さ、人の役に立つことを喜びとする価値観にも教えられるところがあった。オーツの小レクチャーの司会を務めたキャスリーンさんの次の文章を引用することで、私の女史への感謝の気持ちに代えたい。「オーツ氏は感傷にひたらず、正確無比の技巧と無限の思いやりで人間の心を探求している。……オーツ氏が恐れることなく行う実験的試みや、果てしなく続くような改訂をずっと見てきた。……書くことはとても厳しい仕事で、もう十分だとは決して落ち着くことのない不安な心が生んだ所産である、という非情な事実に私はいつも心打たれている。」

ジョイス・キャロル・オーツ氏の印象はミスティアリアスで、信じられないほど痩身で背が高く、動きも軽やかで、実に若い。質問には静かな声で、短く即答が返ってくる。無駄がなく、機転が利き、対人的にはとても細やかな心配りをされる方だと感じた。

最後に、翻訳の原典は以下の通りである。

『作家の信念――人生、仕事、芸術――』は、Joyce Carol Oates, *The Faith of a Writer: Life, Craft, Art* (ECCO, 2003)。

「新版『悦楽の園』（二〇〇三）の「あとがき」」は、Joyce Carol Oates, Afterword in *A Garden of Earthly Delights* (Revised and Rewritten. Modern Library, 2003)。

「ジョイス・キャロル・オーツと精神分析医の往復書簡」は、Dale Boesky,"Correspondence with Miss Joyce Carol Oates," *International Review of Psychoanalysis*, 2 (1975): 481-86.

オーツの論説は、文学を越えて哲学や心理学の領域にまで及んでいる。今回ジョイス・キャロル・オーツの文学の理解に少しでも役立てればと思い、浅学の身で翻訳を試みたわけであるが、十分でない点があればご指摘をいただければ幸甚である。

引用個所はすでに翻訳されている学術書、また文庫として長らく世に出ている翻訳を多々参考にさせていただいた。特に『ある作家の日記』（神谷美恵子訳）、『アメリカ古典文学研究』（野崎孝訳）、『ドリアン・グレイの肖像』（福田恆存訳）、「犬を連れた婦人」（小笠原豊樹訳）、

『不思議の国のアリス』（矢川澄子訳）そして『鏡の国のアリス』（同訳）、は大いに参考かつ引用させていただいた。

出版を引き受けていただき、適切で親身なご助言をいただいた開文社社長、安居洋一氏に心よりお礼を申し上げたい。

平成二十年　一月

吉岡葉子

索　引

78
癒し､治療(者)　212, 222, 234-5, 236
隠喩・メタファー　1, 47, 72, 102, 149, 198

【ウ】

ヴィダル, ゴア(Vidal, Gore)　157, 178
ウィリアムズ, ウィリアム・カーロス(Williams, William Carlos)　20, 197
ウェスト, ナサニエル(West, Nathanael)　113
『孤独な娘』(*Miss Lonelyhearts*)　113
ウェスト, ポール(West, Paul)　131
ヴェトナム戦争　221
ウェブスター, ジョン(Webster, John)　215
『白い悪魔』(*The White Devil*)　215
ウェルギリウス(Virgil)　84
ウェルティ, ユードラ(Welty, Eudora)　95, 118, 163
「石になった男」(“Petrified Man”)　95
ウォートン, イーディス(Wharton, Edith)　130
ウォルト・ディズニー (Walt Disney)映画　12, 58
『ウパニシャッド』(*Upanishad*)　118
ウルフ, ヴァージニア(Woolf, Virginia)　3, 81, 89, 102, 104, 105-7, 111, 115-7, 121, 130, 159-61, 213
『ある作家の日記』(*A Writer's Diary*)　111, 116
『歳月』(*The Years*)　159-61
『ダロウェイ夫人』(*Mrs. Dalloway*)　161
『燈台へ』(*To the Lighthouse*)　117, 161
『波』(*The Waves*)　117, 161
『幕間』(*Between the Acts*)　117
ウルフ, トマス(Wolfe, Thomas)　128
ウルフ, レナード(Woolf, Leonard)　159

【エ】

エクスタシー　28, 102
エディプス・コンプレックス　225
エデル, レオン(Edel, Leon)　121
エデン郡(‘Eden County’)　203
エピファニー　99-100, 129, 145
エフトゥシェンコ(Yevtushenko)　163
エマソン, ラルフ・ウォルド(Emerson, Ralph Waldo)　13, 14
エリオット・ジョージ(Eliot,

George) 47
エリオット, T・S・(Eliot, T. S.) 63, 88, 116, 124, 128, 156, 232
「荒地」(“The Waste Land”) 124
エリー郡、エリー湖 9, 203
エリスン, ラルフ(Ellison, Ralph) 118, 132
『エンパイア・レヴュー』誌 (*Empire Review*) 161

【オ】

オウィディウス(Ovid) 33
『変身譚』(*Metamorphoses*) 33
押韻(詩) 23
オーウェル, ジョージ(Orwell, George) 164
オコナー, フラナリー(O'Connor, Flannery) 28, 113, 118
『賢い血』(*Wise Blood*) 113
ヘイゼル・モーツ(Hazel Motes) 113
「高く昇って一点へ」“Everything That Rises Must Converge”) 113
オコナー, フランク(O'Connor, Frank) 122, 128
オジック, シンシア(Ozick, Cynthia) 130, 134
「ショールの女」(“The Shawl”) 134
オーツ, カールトン(Oates, Carlton) 196
オーツ, キャロリーナ(Oates Carolina) 6, 197
オーツ, ジョイス・キャロル(Oates, Joyce Carol)
『あなたはこれを覚えていなければならない』(*You Must Remember This*) 42
『生ける屍』(*Zombie*) 173
ジェフリー・デイマー事件 (Jeffrey Dahmer case) 173
『悦楽の園』(*A Garden of Earthly Delights*) 194, 195, 198, 199
『悦楽の園』(新版)(*A Garden of Earthly Delights* (Revised and Rewritten) 193-206
ウォルポール家(Walpoles) 195, 204, 206
カールトン(Carleton) 195, 196, 197 200, 201, 204, 205
クララ(Clara) 195, 197, 199, 202, 204, 205
スワン(Swan) 195, 203, 204, 205, 206
『かれら』(*them*) 38, 173, 194, 211, 215, 218, 223
ジュールズ(Jules) 223
モーリーン(Maureen) 216-9, 223
「旧世界で」(“In the Old World”)

203
『贅沢な人びと』(*Expensive People*)　195
『転落のおののき』(*With Shuddering Fall*)　198
『苦いから、そして私の心臓だから』(*Because It Is Bitter, and Because It Is My Heart*)　173
『ブラックウォーター』(*Black Water*)　173
チャパキデイック事件(Chappaquiddick incident)　173
『ブロンド』(*Blonde*)　173-84
マリリン・モンロー (Marilyn Monroe)　174, 175, 176, 179, 180, 182, 183
『わたしをご自由に』(*Do With Me What You Will*)　38
『ワンダーランド』(*Wonderland*)　233, 234
オーツ, フレデリック(Oates, Frederic)　199
オーデン, W・H・(Auden, W. H.)　20, 131, 162, 165
「1939年、9月1日」(“September 1, 1939”)　162
おとぎ話　36, 59, 101, 176, 178
オニール, ユージン(O'Neill, Eugene)　28, 230, 231
オハラ, ジョン(O'Hara, John)　163
オルグレン, ネルソン(Algren, Nelson)　130
オールタ・エゴ　203
オンタリオ湖　9

【カ】

カーヴァー, レイモンド(Carver, Raymond)　128-30, 144
「ささやかだけれど、役に立つこと」(“A Small Good Thing”)　130
「大聖堂」(“Cathedral”)　129, 130
「使い走り」(“Errand”)　129, 130
「羽根」(“Feathers”)　130
『ファイアズ(炎)―エッセイ、詩、短編』(*Fires: Essays, Poems and Stories*)　128
『ぼくが電話をかけている場所』(*Where I'm Calling From*)　130
格差　206
ガードナー, ジョン(Gardner, John)　124, 125
ガードナー, マーチン(Gardner, Martin)　24
『注釈つきアリス』(*The Annotated Alice*)　24
カフカ, フランツ(Kafka, Franz)　31, 102, 111, 153-4,
『城』(*The Castle*)　154
『審判』(*The Trial*)　154

ジュエット, セアラ・オーン (Jewett, Sarah Orne)　119, 120
「時間の調べ」(“The Tone of Time”)　120
『ニューイングランド物語』(*Tales of New England*)　119
ジュネ, ジャン (Genet, Jean)　228
シュルツ, ブルーノ (Schulz, Bruno)　130
シューレアリスト、シューレアリスム、シューレアル　25, 59, 91, 175, 203
ジョイス, ジェイムズ (Joyce, James)　3, 64, 78, 79, 86, 87, 99, 100, 104, 105, 109, 114, 115, 116, 124, 128, 139, 158, 159, 231
『室内楽』(*Chamber Music*)　64, 87
『スティーヴン・ヒーロー』(*Steven Hero*)　86, 87, 99, 100
『ダブリン市民』(*Dubliners*)　87, 100, 105, 231
『フィネガンズ・ウェイク』(*Finnegans Wake*)　158, 159
「ミスター・ハンターの一日」(“Mr. Hunter's Day”)　100
『ユリシーズ』(*Ulysses*)　78, 87, 100, 115, 116, 158
「ユリシーズ」(“Ulysses”)　100
『若い芸術家の肖像』(*A Portrait of the Artist as a Young Man*)　86, 87, 99, 100, 231
スティーヴン・ディーダラス (Stephen Dedalus)　86-7, 99
ジョイス, スタニスロース (Joyce, Stanislaus)　79, 87, 89, 105, 159
叙事(詩)　22, 53, 173-4, 175, 176, 206
ショーペンハウアー, アーサー (Schopenhauer, Arthur)　84
ジョンソン, グレッグ (Johnson, Greg)　173-84, 197
『ブロンド』の抱負―ジョイス・キャロル・オーツへのインタビュー」(“*Blonde* Ambition: An Interview with Joyce Carol Oates by Greg Jonson”)　173-84
『見えない作家』(*Invisible Writer*)　197
シラキュース大学　203
シリングトン(ペンシルベニア州)　58, 95
シンガー, アイザック・バシェヴィス (Singer, Isaac Bashevis)　130
神経症 ('neurosis')　156, 213-5,

【ト】

【ナ】

【ニ】

【ノ】

【ハ】

【へ】

157
ヘミングウェイ, アーネスト（Hemingway, Ernest） 28, 88, 107, 114, 115, 118, 128, 129, 134, 145-52, 163
「キリマンジャロの雪」（"The Snows of Kilimanjaro"） 147
「ごく短い物語」（"A Very Short Story"） 146
「白い象のような山並」（"Hills Like White Elephants"） 134, 145-51
「フランシス・マカンバーの短い幸福な人生」（"The Short Happy Life of Francis Macomber"） 147
『われらの時代に』（*In Our Time*） 107
ヘラー, ジョーゼフ（Heller, Joseph） 96, 97
『キャッチ＝22』（*Catch-22*） 96
『何かが起こった』（*Something Happened*） 97
ベリマン, ジョン（Berryman, John） 230
ベロー, ソール（Bellow, Saul） 130
ベンゼドリン、幻覚剤 94, 112
ペンネーム 30

【ホ】

ポー, エドガー・アラン（Poe, Edgar Allan） 11, 12, 13, 14, 15, 28-9, 31, 125
『黄金虫・その他』（*The Golden Bug and Other Stories*） 11
「アッシャー家の崩壊」（"The Fall of the House of Usher"） 125
「あまのじゃく」（"The Imp of the Perverse"） 15
『グロテスクな物語とアラベスクな物語』（*Tales of the Grotesque and Arabesque*） 15
「ライジーア」（"Ligeia"） 125
ホイットマン, ウォルト（Whitman, Walt） 25, 31, 32, 37, 68-70, 105, 211
「澄んだ真夜中」（"A Clear Midnight"） 70
「汝おお民主主義のために」（"For You O Democracy"） 70
「私が人生の大海とともに引くとき」（"As I Edd'd with the Ocean of Life"） 68-9
「私自身と私のもの」（"Myself and Mine"） 70
「私はアメリカが歌うのを聞く」（"I Hear America Singing"） 70
ボウスキー, デール（Boesky,

マン, トーマス（Mann, Thomas） 72, 73, 163, 164, 202

【ミ】

ミニマリスト 114, 129, 131, 148
ミュア, エドウィン（Muir, Edwin） 160
ミラー, アーサー（Miller, Arthur） 182
ミラー, ヘンリー（Miller, Henry） 129
ミラーズポート（ニューヨーク州） 7, 13, 17, 39, 198, 200

【ム】

ムーア, マリアンヌ（Moore, Marianne） 162
無意識の世界 101, 103, 105, 196, 219-20, 235-6
ムーディ, リック（Moody, Rick） 132

【メ】

メイラー, ノーマン（Mailer, Norman） 95, 96, 178
　『なぜぼくらはヴェトナムへ行くのか』（*Why Are We in Vietnam?*） 96
　『バーベリーの岸辺』（*Barbary Shore*） 96
　『裸者と死者』（*The Naked and the Dead*） 95, 96
メルヴィル, ハーマン（Melville, Herman） 13, 14, 31, 112, 114, 125, 158, 227
　『オムー』（*Omoo*） 158
　『タイピー』（*Typee*） 158
　『白鯨』（*Moby-Dick*） 112, 114, 125, 158, 227
　　イシュメイル（Ishmael） 227
　　エイハブ船長（Captain Ahab） 227
　『ピエール』（*Pierre*） 158
メンシコフ, M・O・（Menshikov, M. O.） 118

【モ】

モネ（Monet） 161
モーパッサン, ギ・ド・（Maupassant, Guy de） 163
モロー, ブラッドフォード（Morrow, Bradford） 131

【ユ】

ユニヴァーシティ・コレッジ・ダブリン 100
夢、夢想、悪夢、白昼夢 11, 20, 24, 35-6, 42, 43, 52, 53, 54, 55, 59, 60, 67, 90, 91, 101, 102, 103, 104, 156, 172, 176, 196, 212, 216, 223, 235

【ラ】

ライト, リチャード（Wright, Richard） 118

『恋する女たち』(*Women in Love*)　88, 108, 109, 127
ブラングウェン家 (Brangwens)　108
『詩集』(*Collected Poems*)　162-3
『姉妹』(*The Sisters*)　108, 109
『白孔雀』(*The White Peacock*)　86
『チャタレー夫人の恋人』(*Lady Chatterly's Lover*)　88
『逃げた雄鶏』(*The Escaped Cock*)　112
『虹』(*The Rainbow*)　87, 109
「盲目の人」("The Blind Man")　112, 129
「木馬の勝利」("The Rocking-Horse Winner")　112

【ワ】

ワイス, セオドア (Weiss, Theodore)　94
『射撃照準器』(*Gunsight*)　95
ワイルド, オスカー (Wilde, Oscar)　76, 133, 168
ドリアン・グレイ (Dorian Gray)　76-7
ワーズワース, ウィリアム (Wordsworth, William)　37

賞。2006 年、長編小説 *The Falls*（2004）でフランスのフェミナ賞 Frix Femina を受賞。

（吉岡葉子）

ジョイス・キャロル・オーツ略伝

1938年、ニューヨーク州ロックポート生まれ。1960年、シラキュース大学を総代で卒業後、1961年、ウィスコンシン大学大学院で文学修士号を取得。デトロイト大学（1962 – 67）、カナダのウィンザー大学（1967 – 78）で教鞭をとったあと、1978年からプリンストン大学の創作コースで教えながら、執筆活動を続けている。長編、短編、評論、劇、詩、ヤングアダルト小説、ロザモンド・スミス（Rosamond Smith）のペンネームで主にミステリー小説、と幅広いジャンルでアメリカ社会を根底から鋭く活写し、今ではアメリカ社会についての意見を求められるオピニオンリーダー的存在となっている。

1987年から現在に至るまで、プリンストン大学のRoger S. Berlind Distinguished Professor of the Humanitiesの立場にいる。夫レイモンド・スミス（Raymond Smith）と共に*The Ontario Review*を編集・発行している。

大学3年生のときにマドモアゼル誌主催の学生短編コンテストで受賞。1963年、短編集*By the North Gate*でデビュー。1970年、長編小説*them*（1969）で全米図書賞National Book Awardを受賞。1970年、1986年にはO. Henry Special Award for Continuing Achievementを受賞。1990年、短編集*The Assignation*（1988）のタイトルストーリでRea Award for Achievement in the Short Storyを受賞。1996年、PEN/Malamud Awardを受賞。長編小説*Blonde*（2000）が全米図書賞候補となり、ベストセラーともなった。2003年、Common Wealth Award for Distinguished Service in LiteratureとKenyon Review Award for Literary Achievementを受

訳者

吉岡葉子（よしおか　ようこ）
1950年　徳島県生まれ。
1975年　同志社大学大学院修士課程修了。
現在　高知大学、高知女子大学の非常勤講師。

著書
『南部女性作家論―ウェルティとマッカラーズ』（旺史社、1999）
論文
「公民権運動と南部女性文学―人種と性のせめぎあい」（2001）
「白人と黒人の soul mate の希求-- Joyce Carol Oates の *Because It Is Bitter, and Because It Is My Heart*」（2003）
「*The Assignation* における Joyce Carol Oates の新たな家族像と人間群像-- 1980年代後半のアメリカの家族再考を反映して」（2004）
「Joyce Carol Oates の 'Soul Mate' の提唱-アイリスの revision としてのキャラ」（2005）

作家の信念―人生、仕事、芸術―　（検印廃止）

2008年2月1日　初版発行

訳者	吉岡葉子
発行者	安居洋一
印刷・製本	モリモト印刷

〒160-0002　東京都新宿区坂町26番地
発行所　開文社出版株式会社
TEL 03-3358-6288・FAX 03-3358-6287
www.kaibunsha.co.jp

ISBN 978-4-87571-995-3　C3098